講談社文庫

カンタベリー・テイルズ

真梨幸子

講談社

はしがき

真梨幸子

このたびは、本書を手にしていただき、誠にありがとうございます。

今回は、ちょっと新しい試みです。

著者である私本人が、はしがきに代えて、ご挨拶(あいさつ)をさせていただきます。

ちなみに。このはしがきには、種も仕掛けもありません。文字通りの「はしがき」、拙作『殺人鬼フジコの衝動』にあるようなトリックは仕込んでありませんので、肩の力を抜いて、流し読みしていただければ。もちろん、読み飛ばしていただいても結構です。

本書『カンタベリー・テイルズ』は、二〇一一年の冬に、『聖地巡礼』というタイトルで講談社ノベルスから発行された短編集です。

「また、タイトル変更したんか！　阿漕(あこぎ)なやっちゃな！　おんなじ作品を買うところやったで」とお怒りの方、本当にすみません。

ノベルス版は、残念ながら多くの人に読んでいただくチャンスを逃してしまい、ですから、仕切り直し……ということで、名前を変えて再出発することにいたしました。

……というか、元々が『カンタベリー・テイルズ』というタイトルだったんです。なので、「昔の名前で出ています」ということで、ご容赦を。なお、この作品が書かれた詳しい背景や当時の状況などは、巻末の「あとがき」で吐露（とろ）しています。よろしかったら、ぜひ、そちらもお読みください。

それでは『カンタベリー・テイルズ』を、こころゆくまでお楽しみください。

目次

カンタベリー・テイルズ

グリーンスリーブス

首かけイチョウ

緑の袖(グリーンスリーブス)よ、あなたは私のすべて
私の喜び
私の魂
あなた以外に誰がいるというのか
（「グリーンスリーブス」イングランド民謡より）

1

マリアンヌ・フェイスフルが嫌いだった。

憎んですらいた。

妖精のように可憐で、娼婦のように妖(あや)しく、ローリング・ストーンズの愛を独り占めし、それだけでは足りずに世界中の男を虜にした。

その陰で泣いた女の子がどれだけいるか。

こんな不公平な世界なんか滅んでしまえばいい。

「それ、ちょっと飛躍しすぎ」

朋子(ともこ)が、にやにやしながらスティックケーキの包みを剝く。

「でも、あの頃は、本当にそんなことを思っていたのよ」

私はため息交じりでつぶやく。

「ほんと、バカみたい、十代って。あの頃の自分に言ってやりたいわ。世の中って、案外、公平だよって」

神経質に磨かれたテーブルに映る、自身の顔。四十六にしては、なかなかイケているほうだと思う。うん、たぶん、三十代だって言っても通る。

「そうだね、公平かもしれないね」

朋子も、自信たっぷりにそんなことを言う。朋子も、ぱっと見、三十代にしか見えない。学生時代、ニキビとだんご鼻をあれほど気にして、自殺すら考えていたのに。今は、そんなことひとつも覚えていないだろう。ニキビで覆われていた肌はファンデーションできれいに整えられ、死ぬほど嫌っていた鼻は、今では見違えるほどきれいな形になっている。朋子が、貯金をはたいて鼻を整形したのは、二十歳のとき。就職活動がはじまる直前。あれを機に彼女はすっかり変わった。恋愛も生き方も考え方も。

そして、私も、公言はしていないが、目をちょっとだけいじった。腕のいい医者で、自然なアーモンドアイに仕上げてくれた。それ以来、会う人会う人に、「きれいになったね」と言われるようになった。目を変えただけなのに、その自信が表情まで変えたのだ。

人間、中味が勝負。なんていう言葉、誰も信じていない。容姿が中味を変えるのだ。

「ほんと、世の中、案外、公平にできているのかもね」

朋子は、携帯電話をいじりながら、スティックケーキをもったいぶってかじる。

「まさか、あの子が、あんなに激変するなんて」

そして、ほんの一時間ほど前に撮った画像を一枚一枚、確認する。

私たちは、高校の同窓会を終えたばかりだった。卒業して二十八年。それまで、一度も出席したことはなかった。でも、今年は、「あの子」が来るという情報が入った。

「あの子」は、私たちにとって、苦い思春期の代名詞。その苦さは十代なら激痛だが、今の歳ならばきっと味わいになるはず。あの頃飲めなかったブラックコーヒーが、今は極上に美味しいと感じるように。それを確かめたくて、私は、朋子とともに、二十八年ぶりにこの街にやってきた。

「ほんと、人間、なにがあるか分からないよ。あの美少女が、こんなおばちゃんになるんだもん」

朋子が、携帯のディスプレイをこちらに向けた。そこには、ただのおばちゃんが写っている。ブルドッグのようにだるだるの頰、垂れ下がった瞼のせいでしじみのように小さくなった目、そしてへの字に下がった口。

「……美弥（みや）、これで、少しは溜飲（りゅういん）が下がった？」

朋子の意地悪な質問に、私は応えず、コーヒーを一口だけ啜（すす）った。

思い出の街。でも、ウインドーの外は見慣れない風景だ。

ターミナル向こうの駅は、清潔は保たれてはいるものの、どことなく荒んだ雰囲気。毎日のように通ったパン屋も本屋もすでになく、その代わりの新古書店とパチンコ屋とコンビニも活気はなく、ただ、唯一、ロータリーの中央に設けられた花壇だけが、生々しい色を放っていた。その横にあるアクロバット的な彫刻だけは、変わらない。私たちはそれを〝雑技団〟と呼んでいたが、たぶん、家族をイメージした作品なのだろう。奇妙な形の二本の棒状の塊――恐らくこれは両親だろう、その間に、さらに奇妙な小さな棒がある。あれは、そう、子供だ。この街が出来上がった当時は、この彫刻がまさに街のシンボルで、これを中心に最新のデザインで駅周辺も整えられたに違いない。その頃の熱意が、ところどころうかがえる。駅の壁はかつてそこにはおしゃれなタイルがはめ込まれていた名残があるし、バスターミナルの案内図を縁取る模様はアールデコの出来損ないのようなセンスが感じられる。

そう、かつて、この街は、夢のニュータウンと持て囃されていた。

「でも、今じゃ、すっかり、ゴーストタウン」

朋子が、意地悪く笑う。

それ、言いすぎ。

「桜花女学園も、入学する人がどんどん減って、来年から共学でしょう?」

桜花女学園とは、私たちの母校だ。戦後、このニュータウンの建設に併せて創設された女子高で、私たちが十代の頃は周辺地域に住む女子たちの憧れだった。言わずもがな私も、あの、緑のブレザーと臙脂(えんじ)色のスカートを着たくて、死に物狂いで勉強し、桜花女学園の難関を突破したのだった。

＋

入学式の日のことは、今でも忘れない。

電車の中、作りたての制服を着た自分を、何度も窓ガラスに映しては一人喜びを噛み締めていた。車内の視線がこちらに向けられているのも快感だった。車内には、隣町の男子校の生徒も何人か乗っていて、彼らの視線もちらちら飛んでくる。

……どうしよう。ここでナンパとかされたら。もちろん、断るわよ。だって、男女交際は禁止されているもの。

次の駅に着いたときだった。車内の視線が一斉にドアに移った。ドアを見ると、そこには、信じられないほどの美少女。私と同じ制服を着ている。すらりと背が高くて、でも体は華奢(きゃしゃ)で顔も小さくて、肌は陶磁器のようにすべすべで、ちょっとソバカスがあるけれどそれさえ魅力的で、目は理想的なアーモンドアイ、髪はさらさらで少し赤みがかっている。私は、兄の部屋に飾られていたポスターを思い出していた。それは古いポスターで、若い頃のマリアンヌ・フェイスフルだった。私は、そのポスターの前に行くたびに、自分が恥ずかしくなったものだ。

そんな「恥ずかしい」思いを、まさか、こんなところで味わおうとは。美少女は、なんの嫌がらせか、私の隣に立った。車内の視線が、また、こちらに戻る。さっきまで快感だった視線が、今は、棘のように痛い。窓ガラスに映る美少女と、ちんちくりんな猿。もちろん、それは私のことだ。美少女が隣に立ったおかげで、私は、猿に格下げになった。

そんな私のことを知ってか知らずか、その子は、鞄からゴムを取り出すとそれを口に咥（くわ）え、髪をふたつに分けて、窓ガラスを鏡に、みつ編みをはじめた。桜花女学園は、お下げが規則だ。だから私も去年から髪を伸ばしはじめて、この春、ようやくお下げができるまでになった。今朝も、編んではほどき、編んではほどきで、十五分かけて、ようやく仕上げた。一方、その子は一分もかからずにみつ編みを仕上げ、しかも、その出来は完璧だった。少々乱れた部分はあるものの、それすら美しかった。一本の乱れもないように丁寧に仕上げた自分が、馬鹿馬鹿しくなる。

窓ガラスの中、その子と目が合った。その子はにこりと笑ったが、私はどうしていいか分からず、無言でその場を立ち去った。

だって、あんな綺麗な笑顔に、私が太刀打ちできるはずがない。どうして、あんな子がいるんだろう。あんな、綺麗な子が。あんな子といたら、自分があまりに惨めで、死にたくなる。もう二度と、会いませんように。

なのにその子は、入学式で、私の隣に座った。背は私より高いのに、座ると、私のほうが目線が上になる。私は、自身の座高を恨みながら、背中を小さく小さく丸めた。

どうかこれ以上の屈辱はお許しください。そう強く願ったおかげで、クラスでは、窓際と壁際の席になった。窓際はあの子、壁際は私。そして、私の隣は、朋子。

私は開口一番、言った。「あの茶髪の子、地毛かな？」窓際だと、日差しのせいでますます髪が赤みがかる。きらきら輝いて、まるで後光のようだ。

「あれ、染めている」右手で鼻をそっと隠しながら、朋子は言った。「私、同じ中学校だったんだけど、中学校のときは、普通の黒だったもん。パーマも少し、やっているね」

「そんなことして、退学にならない？」

「たぶん、地毛っていうことで事前申告してるんじゃない？」

「不良なの？」

「不良ってほどではないけど、ちょっと素行は怪しいかな。中学校の頃もあまりいい噂なかったよ。頭はいいんだけどね」

顔も、いいよね。そしてスタイルも。神様って、本当に不公平だ。私は、窓際のあの子を、羨望(せんぼう)だらけの眼差しで睨みつけた。

＋

「なのに、こんなになっちゃって」

朋子が、携帯電話のディスプレイを、再び、私に向けた。

一時間前の、あの子の画像だ。とても信じられない。こんなになるなんて。容姿だけじゃなくて、声まで酒やけしちゃって、まるでジャイアンのかあちゃん。

「まあ、美少女の行く末なんて、こんなものよ」

確かに、そうかもしれない。マリアンヌ・フェイスフルも、絶頂期は短かった。ドラッグに溺れ、スキャンダルに塗れ、その可憐な容姿も歌声も激しく変貌した。最近の姿をネットで見かけたが、昔の面影はどこにもなく、恰幅(かっぷく)のいいおばちゃんに成り果てていた。

「あの子も、いろいろあったみたいよ。二度結婚して、今の彼氏ともうまくいっていないみたい。今日の服、見た？　毛玉だらけのカットソー。昔のあの子からは、とても考えられない。噂どおり、経済的にも、かなり困っているみたいね。今日、同窓会に来たのだって、カモを捕獲するのが目的だったみたい。なんか、あの子、ヤバいマルチ商売に首を突っ込んでいるって」

朋子の情報網は相変わらずだ。高校時代も、芸能レポーター顔負けの情報収集で、クラスのみんなを大いに喜ばせた。その才能を生かして、朋子は、今では大手出版社の編集者だ。去年、月刊誌の編集長に昇進したという。うちのクラスでは、一番の出世頭。

「なに、言ってんのよ。美弥こそ、大手商社のベテラン正社員さんじゃない」

「その代わり、婚期は逃したけどね」

「それはお互い様。でも、アレよ。下手に結婚しなくて、正解だったかも。だって、貧乏神の旦那なんて捕まえたら、こっちの人生まで台無しにされる。それに、子供だって、今の時代じゃ、ただの金食い虫。いいこと、ないわよ」

「だよね」

「でもさ。こんなこと言うと、大概、負け惜しみに見られるんだよね。だから、『ああ、今からでも結婚したい！　白馬の王子様、早く迎えに来てください！』みたいなことを言ってみるんだけど」

「私も同じよ。かわいそうなオールドミスってやつを、甘んじて演じている」

「オールドミスなんて、そんな古い言葉使ってると、若い子に馬鹿にされるわよ」

「もう、充分に馬鹿にされているから、平気」

「美弥は、相変わらず、強いなぁ」

「朋子には負けるけど」

　そして一通り笑うと、二人して、今の幸せを再確認した。

　強がりだと思われても、馬鹿にされても、私たち、幸せだよね？

　幸せ、……だよね？

「じゃ、もう行く？」

　朋子が、時計を見る。一時間に一本の特急が、そろそろ到着する頃だ。

　カフェのドアを開けると、聞き覚えのある音楽。

「あ、グリーンスリーブス」朋子が、ふと、顔を上げる。

　本当だ。街が流す、五時の時報。

「これだけは、変わってないね」

　私は、コートのボタンを留めながら、つぶやいた。

　あの頃は、この時報が嫌いでたまらなかった。いつまでもおしゃべりしていたいのに、これを聞くと、もうお楽しみは終わりだと、みな、一斉に無口になる。

　木造校舎の片隅の小さな部室、窓から差し込む茜色の夕日、遠くから聞こえる、グリーンスリーブス。

　わけの分からないノスタルジーが押し寄せてきて、私は瞼を閉じる。

＋

当時、私たちは映画研究会に所属していた。研究会といっても隠れ家欲しさにクラスの数人と作った即席のクラブで、木造校舎の物置部屋を与えられた私たちは、授業がはけると、いつまでもおしゃべりに興じていたものだ。部員は私と朋子とその他に四名。でも、部員でもない子が入れ替わり立ち替わりやってきて、その小さな部室はさながらちょっとしたラッシュ時の電車のようだった。

「兄貴の部屋から、これ、くすねてきた」

その日も私は、兄に無断で持ち出した映画のパンフレットを机に並べた。どれも、セックスシーンのある映画ばかりだ。特にフランス映画とイタリア映画はみんなの大好物で、この日も、イタリア映画の「青い体験」をネタに、大いに盛り上がっていた。

「私も、いいもの持って来た。隣のおねえさんに、もらったんだけど」誰かが、「女性生活」という女性週刊誌を鞄から取り出す。この週刊誌はセックス記事が豊富で、私たちが耳年増になるのを大いに助けてくれた。

これは断言できるが、そこに集まっていた子は、このとき、みな、バージンだった。もちろん、自ら告白するものはいなかったが、そんなこと、告白するまでもなく、お互い、分かってしまう。

「ね、クラスでやっているのって、どのぐらいいると思う？」

経験者なら、こんなことは気にしない。

「うーん。三人ぐらい？」

でも、私たちが気にしているのは、そのことだけだった。

「えー、もっといるよ！　半分はそうなんじゃない？」

なんの根拠もない風呂敷を、私たちはどんどん広げていく。

「じゃ、葉山(はやま)さんは？」

あの子の名前が出てくると、みなの呼吸が、一瞬止まる。話がとたんに現実味を帯び、私の顔も自然と歪む。気持ちが正直に顔に出るのだ。

「あの子は、……もちろん、やっているんじゃない？　だって、いかにもビッチって感じ」

これが私の正直な気持ちだったが、それに関しては、賛成半分、反対半分だった。

あの子には、ファンも多かった。クラスの半分は、あの子と友達になりたがっていた。でも、あの子はクラブにも部活にも所属していなくて、クラスのグループにも属していなかった。いわゆる一匹狼だったのだが、それがまた、ファンを増やすきっかけとなった。ファンがいれば、アンチも自然発生するものだ。アンチの代表格は、どうぃうわけか、私だった。なんでそんな役割が私に当てられたのかは分からないが、できればあの子とは無関係な立場でいたかったのに、私は、あらゆるシーンで、あの子に対して毒舌を吐くことを期待されていた。

下から、バイクのエンジン音。

「見て、見て。今日も、お迎えだよ」

誰かが窓から身を乗り出し、濁った声を上げる。見ると、裏門にバイクが停まっていた。そして、駆け寄るあの子。あの子は、まるで映画のヒロインのようにみつ編みをほどくとヘルメットをかぶり、躍るようにバイクの後ろに乗る。

一斉に、いろんなため息がもれる。それは嫉妬であったり、憧れであったり。

「葉山さん、よく、退学にならないよね」

きっと、先生も丸め込まれているのよ。表向きは成績トップクラスの優等生だもん。親もお医者さんでしょう?

「そんなことより」私は、空気の流れを変えようと、ぱんと、手を叩いた。「昨日、変なことがあったんだけど」

セックス話、噂話に続いて、私たちが大好物だったのが、不思議話だった。日差しが充分に傾き中庭が濁ったオレンジ色に染まるこの時間には、うってつけの話題だ。

不思議話は、私の十八番だ。

――ね、深夜零時、7チャンネルで変なものが放送されるって噂、知ってる？「死の名簿」ってやつ。うちの妹が通っている小学校で流れている噂なんだけど。妹ったら、怖がって、十一時を過ぎると、絶対テレビを見ないようにしているのよ。私は、馬鹿馬鹿しいって相手にしてなかったんだけど。

昨日ね。本を読んでいるうちに零時を過ぎちゃって。お手洗い行こうと居間に通りかかると、テレビがつけっぱなしになっていたんだ。チャンネルは、〝7〟。母が消し忘れたのか、それとも兄の仕業か、砂嵐の青い光が畳を奇妙な具合に照らしていて。薄気味悪くて、私はしばらくはそこに立ち尽くしていたんだけど……。そしたら、その映像が、いきなりはじまったのよ。

テロップがゆっくりと落ちてくる。人の名前だ。

ほとんどは知らない名前だけど、中には知っている名前もあった。

テロップは、約二分ほど続いた。その間に、三十人ほどの名前が流れた。そして、最後に、「ご冥福をお祈りいたします」という文字が――。

＋

「その話、私、結構信じてたんだけど」

朋子が、駅の売店で買った缶ビールのタブを開ける。

私たちは、東京行きの特急に乗り込んだところだった。

電車が、ゆっくりと滑り出す。車窓の外は、すっかり逢魔が時。紫色の闇と昼間の名残の朱色が、空の向こう側でせめぎあっている。その光景がひどく心細くて、私は、脱ぎかけたコートを再び着込んだ。

「嘘に決まっているじゃない。なに、信じてたの？」心細さを散らすように、私は少々、声のトーンを上げた。

「まあ、ちょっと」朋子が、女子高校生の頃と同じ笑窪を作って、ビールを啜る。

「しばらくは、深夜放送が怖くって見られなかったよ。砂嵐がはじまったらどうしよう、『死の名簿』に私の名前があったらどうしようって」

「ただの、都市伝説よ。ラジオでやっていたネタを、ちょっと拝借しただけ」

「なんだ、パクリだったんだ」ビールと一緒に買った落花生の袋を開けながら、朋子。まるっきり、会社帰りのおじさんだ。「パクリといえば、いつだったか、エッチな女性週刊誌――」

「女性生活？」言ったあと、私の口元は自然とにやける。

「それ、それ。あの雑誌の『読者の体験手記』に、投稿しようって」

「そんなこと……あったね」

「そうだよ。美弥、いくつか手記を書いてきて、私たちに読ませてくれたじゃない。

でも、どっかで見ましたってやつばかりで。いかにも、なにも知らない女の子がエロ本を参考に書きましたって感じ」

「パクリ元は、兄貴のエロ本」

「やっぱり」

「私、そもそも、作文とか、苦手なのよ」

「でも、橘先生のことは好きだったでしょう？　現国の」

橘先生の名前が出てきて、私の胸の奥が鈍い音を立てた。

それは、甘酸っぱい、初恋。そう、あの頃、よく作っていたチェリーパイのような。

＋

チェリーパイ、作ってきたんだ。タッパを開けると、たちまち甘い匂いが教室に立ち込めた。

「美弥って、ほんと、お菓子作るの上手だよね。将来は、ケーキ屋さん？」

「ただの趣味だって」

　春の文化祭のとき、気まぐれで焼き菓子を作ったら大好評で、あっというまに売り切れた。それを機に、ケーキ作りにハマっている。母親を言い包めてプロ仕様のオーブンを買い、ケーキの本も大量に買い集め、週末になるとなにかしら拵えて、それを月曜日に学校に運び、お昼休みに配るのが恒例になっている。

今日のチェリーパイは、今までの中でも最高の出来で、見た目も素晴らしい仕上がりだ。みんなも、口々に美味しいと絶賛してくれる。

ふと、視線を上げると、窓際で、あの子がひとりサンドイッチを食べている。購買で売っているミックスサンドだ。でも、あまり美味しくない。なのに、あの子はいつだって、ミックスサンドとコーヒー牛乳。ストローを咥えたあの子と、視線がかちあう。私は、慌てて、目を逸らす。

「橘先生にも持っていきなよ」

誰かが、そんなことを言ってからかう。私の思いはクラスの誰もが知っていて、朋子なんかは、橘先生を見かけると、

——忍ぶれど色に出でにけり我が恋は……。

と、いきなり歌いだし、私をよく困らせていた。

「職員室までついていって上げるから、今日こそ、渡しなよ。だって、今日みたいなチェリーパイ、もう二度と作れないかもよ？　それぐらい美味しいもん」

朋子が、激しく背中を押す。それまで、私は一度も橘先生に手作りのケーキを渡したことはなかった。本当は、いつだって、橘先生に食べてもらおうと作っていたの

に。でも、その勇気がなかった。朋子なんかはそんな私の弱腰をよくよく分かっていて、結局目標を果たせず空になったタッパをため息交じりで眺める私を、「まあ、今日のはイマイチだったから、次こそ」などと、励ましているんだか、貶（けな）しているんだかよく分からない言葉で、慰めてくれたものだ。

「でも、今日は、最高の出来なんだから、チャンスだよ。先生もきっと喜ぶよ」

「じゃ、……たまたま、ひとつ、余っちゃったし」

私は、あえて残しておいた、一番美しい焼き色のひとつをタッパから取り出すと、用意してきた花柄模様の小さなビニール袋に入れた。

「そうそう、たまたま。たまたま残ったやつを、たまたま職員室にいる橘先生に渡しに行こう」

朋子に言われてようやく、という体裁を借りて、私は、その日、はじめて手作りのケーキを持って職員室までやって来た。

体中が心臓になったかのように、どくんどくんと煩（うるさ）い。扉の隙間、橘先生の横顔を探す。

橘先生は、三十をちょっと過ぎたばかりの若手ではあったが、その授業も生活指導も厳しくストイックなことで知られていた。その厳しさを敬遠していた生徒も多かったが、その厳しさが逆に密かなファンも作っていた。私もその一人だったのだが、だからといって、橘先生とどうこうなろうなんて考えたことはなく、得意の妄想すらすることもなく、ただ憧れの範囲でどきどきを楽しんでいたに過ぎなかった。そもそも橘先生は既婚者で、私たちは、高校の思い出作りの一環として、橘先生を相手役に選んだというだけのことだった。が、それは後になって思うことであり、当時は、真剣に、橘先生に思いを寄せていたと思う。それまでは苦手でしかなかった読書に精を出すようになったのも、橘先生が現代国語を担当していたからだ。

この年頃の女の子がみなそうであるように、私は、橘先生の注目を集めることに熱中していた。先生の授業があるときは、禁止されている色つきリップをあえてつけ、先生に注意されるように仕向けたり、「川端康成の『眠れる美女』の設定がよく分からないんですが、あれって、要するに変態老人の話ですか？」などと意地悪な質問をしたり、テストの採点に不満があると職員室に押しかけたり。とにかく、私は、橘先生のパーソナルスペースにどうやって入り込もうか、そればかりを考え、うまくスペースに入り込むことができたときは、先生の体臭を心行くまで楽しんだものだ。

橘先生の体臭は、ひとことでいえば、セブンスターの匂いだった。そのせいで、当時、私はセブンスターの匂いなら、どんなに遠くにいても嗅ぎ分けられる特技を身につけていた。

しかし、その日はセブンスターの匂いはせず、職員室で橘先生の姿を見つけることはできなかった。そして、予鈴が鳴り、私たちは渋々撤退した。

こんな奇跡的なチェリーパイ、二度とできないかもしれないのに。

私は、花柄模様のビニール袋をハンカチに包むと、そっと鞄の奥に仕舞いこんだ。

そして、その放課後。私はどういうわけか、一人教室で探し物をしていた。何を探していたのかは、今となってはよく思い出せない。たぶん、いつもの放課後トークに使う映画のパンフレットかなにかだったのだろう。

すると、扉が開き、セブンスターの匂いが漂ってきた。心臓が跳ね上がる。

が、振り返ると、そこにいたのは、あの子だった。

私の中で、疑惑が生まれたとしたら、たぶん、そのときだ。

+

「今も、ケーキ、作っているの？」

朋子の質問に、私は、はっと視線を戻した。車窓の外はすっかり夜で、そろそろ見えるはずの海は、夜の闇に紛れてしまっている。

「ケーキ？　うん、たまにね。でも、不評」

「誰に不評なの？」

「職場の人たち。最近の子は、手作りってあまり好きじゃないみたい」

「その人たちの舌が変なのよ。ジャンクフードばかり食べてて、どうかしちゃったのよ。だって、美弥のケーキ、どれも美味しかったよ？　本当に」

「ありがとう。じゃ、今度会うとき、作ってくるね」

「本当？　じゃ、リクエストしていい？　チェリーパイがいいな。いつかのチェリーパイ、本当に美味しかったもん」

「あれは、奇跡だったんだよ。だって、あのあと、二度とあのレベルのものは作れなかったもん。……あ」

　車窓の外、見慣れた駅が通り過ぎていく。

「本当に、寄らなくてよかったの？」朋子の質問に、私は「うん」と、応える。

　その駅を降りて歩いて二十分程の場所に、私の実家がある。でも、今は兄が世帯主で、その嫁が家の全てをしきっていた。私の帰る場所はない。もちろん、帰ればそれなりの待遇は受けるが、しかし、すぐに息詰まりを感じる。母はあれこれと気を遣ってくれるが、母が気を遣えば遣うほど、嫁の笑顔が消えていく。そうして、私は、いつでも予定より早く、東京に戻るのだった。今年の正月もそうだった。その期間、たった三日。それすら、耐えられない。

　朋子だって、そうなのだ。次の駅は朋子の実家の最寄りだが、もちろん、降りる気配はない。この正月にも帰らなかったというから、私よりも、疎遠になっているのかもしれない。四十を過ぎて独り身でいると、実家の敷居は高すぎる。東京から急行で二時間もかからない場所なのに、外国よりも遠く感じてしまう。

「でも、美弥、途中からケーキ、作ってこなくなったよね。なんで？」朋子が、二本目のビールを開けた。相変わらずの酒豪だ。

「成績が芳しくなくて。母親に手作り禁止令を出されたのよ。オーブンも処分されちゃうし」

「そうだったんだ。……でも、なんでそんなに成績下がったんだっけ？」

「下がったっていうか、はじめから悪かったんだけどね。そもそも、桜花女学園に入れたことがまぐれで、だから、ついていくだけで精一杯だった。ケーキなんて、作っている場合じゃなかったのよ」

言いながら、どこか、言い訳めいているな、と思った。確かに、成績も原因のひとつだったが、本当の原因はそれではなかった。要するに、ケーキを作るモチベーションを失ってしまったからだ。

言うまでもなく、私は、橘先生に食べてもらうことを夢見てケーキ作りに励んでいた。が、それが果たされる前に、私の夢は頓挫した。最も残酷な形で。

+

それは、夏休みの補習日だった。

数学で赤点ぎりぎりをとってしまった私は、その日の午後、登校を強制されていた。

あの子をみかけた。全学年トップ10に入るあの子が補習？　なにか、違和感があった。

しかし、あの子は校舎に入らず、くるりと進路を変えると、その横の小道に入っていった。この小道の先には、プレハブ小屋がある。演劇部の衣裳部屋だ。しかし、その時点では別段疑問も抱かず、私は、補習が行われる三階の教室へと急いだ。

私は、特に意識はしなかったのだが、窓際の席を選んだ。そこからは、あのプレハブ小屋が見える。

今思えば、あの二人はとんだ間抜けだ。こんなに丸見えな状況で、あんな真似をするなんて。それとも、まさか俯瞰の位置に視線があるなんて、ひとつも考えなかったのだろうか。確かに、そこは裏庭で、校舎からも離れているせいで、人影はない。逢瀬にはぴったりの場所だったに違いない。だから、油断したのだろう。が、二人はもう少し、注意を払うべきだったのだ。上からの視線を。

まず、あの子が小屋に入っていった。中は蒸し暑いのか、あの子はすぐに窓を開ける。そして、しばらくして入っていったのが、橘先生だった。橘先生は窓が開いているのに気づき、周囲をきょろきょろと見渡すと、ぴしゃりと閉めた。

「あ」

私の口から、小さな叫びが漏れた。

「なんですか？」

数学の教師の問いに、「あ、おトイレ」と応えると、私は、教室を飛び出した。

そのとき、私はなにをしようとしていたのか、とにかく、急がなくてはならない、急いで現場に行かなくてはならない、という思いで、ひたすら、階段を駆け下りていた。急ぎすぎたせいで、二階の踊り場で、転倒した。床に頭を打ちつけたせいで軽い脳震盪（のうしんとう）を覚えたが、私はすぐに立ち上がると、脱兎のごとく、再び駆け下りた。

本当に、なにをしようとしていたのか。現場を押さえてどうしようというのか。なにができるというのか。

案の定、私は、なにもできなかった。窓の隙間から中をのぞき込むのが精一杯だった。

色とりどりの衣裳が所狭しと吊るされ、小さなうねりを作っている。

うねりの元になっているのは、「ハムレット」のオフィーリアの青いドレス。ハムレットは新入生歓迎会のときの演目で、半分は寝ていてよく覚えていなかったけれど、あのドレスだけは覚えている。そのとき隣に座っていたあの子が「きれい」と言ったドレスだ。

しかし、そのドレスは近くで見ると随分と色あせ、ところどころ綻(ほころ)びていた。まるで、古いカーテンのよう。私はそんなことを考えながら、ドレスのうねりをぼんやりと眺める。

うねりは次第に大きくなり、ついには白い手が伸びてきて、ドレスをむしりとる。そして、それは露(あら)わになった。

そこでは、予想通りのことが行われていた。

ボタンがはずされたブラウスからは乳房が零れ落ち、スカートはたくし上げられ、大きく開けられた脚の間では、ズボンと下着を下ろした橘先生が忙(せわ)しなく腰を動かしている。橘先生の腰の隙間から、あの子の濡れた性器が見え隠れする。

その光景は、私たちが放課後に繰り広げるセックスの妄想とは程遠い、不格好で醜くて、汚らしい姿だった。橘先生が動くたびに聞こえる性器が擦れ合う音も、鳥肌が立つほど汚らしかった。なにより、橘先生の表情は間が抜けていて、見ていられなかった。

なのに、私はそこを動くことができず、橘先生が射精するまで、そこに立ち尽くしていた。

気がつくと、私は、駅にいた。グリーンスリーブスが聞こえる。五時の時報だ。

夢であればいい。私はそんなことを思った。目を閉じて次に開けたら、そこは階段の踊り場。あそこで転んだ私は、そのまま夢を見ていたのだ。

が、何度も目を閉じて開けてみたが、そんなことにはならなかった。ブラウスの袖を見ると、緑色に汚れている。これは、あのプレハブ小屋の窓についていた、苔（こけ）だ。この袖があるかぎり、あれはすべて現実だったのだと、私は認めなくてはならない。

私は、袖を引きちぎると、それを小さく小さくまるめ、握りつぶした。

＋

次は東京だと、アナウンスが響く。私は、コートのボタンを留めながら、車窓を眺める。まるで地の底のように真っ暗だった風景が、嘘のように、人工の光に満ち溢れている。

「寒そうだね」朋子が、手鏡で口紅の様子を確認しながら、言った。

「もう、三月も半ばなのにね。今年はいつまでも寒いね」私も口紅の様子を確認しながら、応える。

「ほんと、雪が降りそうな勢い」そして、朋子は携帯電話を取り出すと、カチカチとやりだした。天気予報をチェックしたのか、「明日は、雨だって」

「うわ。月曜日が雨だなんて、最悪。朋子が羨ましい。お昼から出勤でしょう？」

「その代わり、朝方まで残業だけどね」

「私も、明日は残業だわ。今、繁忙期なのよ。それに月末だから、データがどっさり送られて来る。それを分類して、内容をチェックして、不明なところがあれば電話で確認して。そして、システムに打ち込む……と。明日は、うちのチームだけでも、ざっと千件のデータ処理かな」

「今、なんの仕事しているの？」

「顧客のデータを扱う部署で、派遣社員たちの管理」

「なんか想像するだけで、大変そう」

電車のスピードが落ちた。車内の人たちが、ぽつぽつと立ち上がる。

「今度は、いつ会えるかしらね？」

「そうだね……」

そして、私たちは、特に約束はせずに、別れた。

2

正午を告げるグリーンスリーブスが流れる。派遣社員たちが、一斉に立ち上がった。

午前中に届いたデータは、三百件。しかし、処理は半分も終わっていない。午後は、その倍は届くというのに。私は、進捗状況をディスプレイで確認しながら、こっそりとため息をつく。そんな私を横目に、我先にと部屋を出ていく派遣社員たち。だからといって、彼女たちの貴重なランチタイムを邪魔するわけにはいかない。社員食堂の人気メニューは五分もすればあっというまになくなるし、外のワゴン売りのお弁当屋も、十分で売り切れる。

さて。私も、なにかお腹に入れよう。窓の下に広がるのは、日比谷公園。雨が降っているせいか、人影は少ない。お天気がよければ、ちょっとした人込みができるのに。

特に、洋食屋の「松本楼」は人気で、長い行列ができる。今日みたいな天気でも、あそこだけは行列の長さは変わらない。「松本楼」のオムライス、どのぐらい食べてないだろうか？　最後に食べたのは、三ヵ月前？　今日は、どうしてか、無性にオムライスが食べたい。行ってみる？　だめだめ、あの行列じゃ、時間内に戻ってこられない。なら、夕食は？　今日は、どのみち、残業だ。夜の休憩がはじまる六時なら、あるいは、時間内に行って戻れるかもしれない。

それまでは、これで我慢。私は、朝のうちに買っておいたコンビニのオニギリをふたつ、レジ袋から取り出し、それをぱくついた。

あ。足元に、なにかあたる。そうだ、昨日のお土産。東京駅で買ってきた、マカロン。テレビでも紹介された人気店のものだ。

「お土産。どうぞ」

リフレッシュルーム。ランチを食べ終わった社員たちが午前の疲れを癒している。社員といっても、その大半は派遣社員で、そして、女性だ。私は、チームの顔ぶれが集まっているテーブルを見つけると、声をかけた。

「マカロン、買ってきたんだけど、どう？」

箱を開けると、みんなの顔がぱぁっと明るくなった。さすがは、今話題の店だけはある、箱の中味は、あっというまになくなった。

先月、手作りのフィナンシエを配ったときは、みんな、なかなか食べようとしなかったくせに。ティッシュに包んだまま、三日もデスクに放置されていたものもあれば、そのままゴミ箱に捨てられていたものもあった。その日の午後の化粧室では、派遣社員どうしの会話が耳に入った。

「フィナンシエ、食べました？」

「食べたの？」

「食べてないんですか？」

「私、手作りって苦手だから。特にお菓子は。売っているのじゃないと」

「私もそうですけど、でも、食べないわけにはいかないじゃないですか」

「で、どうだった?」

「もう、喉が渇いちゃって。なんか、喉から食道、胃までべったりと、何かが貼り付いている感じです。さっきから、お茶ばかり飲んでいます」

「律儀に食べていたら、大変なことになるわよ。たぶん、デスクに戻ったら、また何か配られているから」

その日から、お菓子を配るのはやめた。みな疲れているだろうと思って、親切心でやっていたのだが、それがみんなの負担となっていたなんて。

でも、ある意味、私も助かった。正直、こちらも負担だったもの。

なのに私は、まるで高校生のように泣いていた。トイレの中で。そして、気づいた。涙の味って、二十八年経っても変わらないんだと。

+

終わった。

首が石のように固まっている。ほぐすついでに時計を見ると、もう、十時を過ぎていた。

あ、オムライス。

　窓の外を見ると、すっかり夜景だ。

「食べます？」

　目の前に、クッキー缶がにょきっと現れる。見ると、隣のチームの目黒（めぐろ）さんだ。派遣社員だが、リーダーの役目を与えられている。歳は、確か、二十七歳。でも、しっかりしている。こんなご時世でなければ、大手企業の正社員として採用されるだけの器も才気もある。実際、この職場では、一番頼りになる同僚だ。

「目黒さんは、あとどのぐらい残るの？」

「今、本部からのデータ待ちなんですけどね、終電に間に合う時間までには帰りたいです。吉村（よしむら）さんは？」

「私は、今、ようやく終わったところ」

「うそ、じゃ、もう帰っちゃうんですか？」

　目黒さんの声が、子供のように怯える。見ると、このフロアには、もう私たちしか残っていない。目黒さんは、大の怖がりだ。いつだったか、やはりこうやって二人だけになったとき、ちょっとした悪戯心で、不思議話をしてみたことがある。

――ね、深夜零時、7チャンネルで変なものが放送されるって噂、知ってる？　ある深夜、テレビがつけっぱなしになっていてね、砂嵐が流れていたの、すると突然……「ご冥福をお祈りいたします」という文字が――。

「きゃー、いやです、いやです、一人にしないでください!」目黒さんの顔が、本気で怯えている。

「大丈夫、大丈夫、一緒に残ってあげるから」

「本当ですか、助かります! あ、お腹、空いてません? パン、多目に買ってきちゃって」

目黒さんは、クッキー缶の上に、カレーパンを置いた。

「どうぞ、もらってください。あまりもので、申し訳ないんですが」

「じゃ、遠慮なく」

それからは、目黒さんとの、取るに足らない会話がはじまった。週に一度ぐらいは、こうやって会話をする機会がある。目黒さんはおおらかな性格で、大学を卒業したばかりの年下の彼氏と付き合いはじめたとか、でも、その彼氏がお調子者で困るとか、そんなプライベートな話をいろいろと聞かせてくれた。プライベートな自分語りは大概つまらないものだが、目黒さんの話はおもしろく、私もついつい、質問してしまう。

「で、彼氏とはうまくやってる?」

「ええ、まあ、なんとなく。でも、あいつ、暢気(のんき)で。就職する気もなさそうで、相変わらずの日雇いのアルバイト。なのに、無駄にアウトドアなやつで、しょっちゅうどっかに行っちゃうんです」

「一人旅？」

「そう、一人でふらっと。で、今度は、イギリスに行きたいとか言い出して」

「イギリス？」

「なんでも、格安ツアーを見つけたから、付き合ってくれって。二人で申し込まないと、割高になるからって」

「あら、いいじゃない、イギリス。行ってきなさいよ。有給、たまっているんでしょう？」

目黒さんは、この職場に来て、もう一年になる。派遣とはいえ、それだけ長くいると、有給が発生する。

「ええ、だから、六月頃に、行こうかな……って」

「六月だったら、繁忙期は越えているし、いいんじゃない？　私も、その頃、ちょっとまとめて休もうかなって」

「そうなんですか？」

「引っ越しをね……考えているのよ」

引っ越しの検討をはじめたのが、去年の暮れ。今住んでいるアパートの契約がこの六月に切れる。

更新という手もあったが、家賃をまた上げるという大家の横柄な物言いがカチンときて、「なら、引っ越します」と、ほとんど何も考えずに応えていた。私の悪いクセだ。後先考えずに、感情に任せて心にもないことを言い放つ。それで今までにも何度も損をしているのだが、この癖だけは、死んでも直らないような気がする。母がまさに、そういう人だ。母が言うには祖母もそういう性格の人だったそうだから、これはもう、抗(あらが)うことのできない、遺伝なのだ。

引っ越しとなると、あれやこれやとお金がかかる。これなら家賃の値上げに素直に従ったほうがよかったとすぐに考え直したのだが、後の祭り。大家からは、不動産屋を介して、解約に関する書類が早速送られてきた。

はじめは軽く考えていた。アパートなんて、すぐに見つかる。実際、物件はたくさんあった。パソコンで検索すれば百を超える物件がヒットしたし、雑誌に立てた付箋は三十を超えた。が、希望条件を絞り込むうちに残ったのは数件、その数件も連絡を入れると「そちらはすでに契約済みです」というつれない返事。それでも一月、二月はまだ暢気に構えていたのだが、三月に入るとさすがに慌てた。不動産屋に電話しても、「申し訳ないけど、ちょっと遅すぎですね。今の時期、残っている物件なんて、ほとんどないですよ」

ああ、そうだった。この時期は、まさに、引っ越しの季節(シーズン)。世の新人たちが、こぞって新居を求める。

ぼやぼやしているうちに、お尻どころか背中にまで火が回っていた。

それからは、怒濤の新居探しがはじまった。

はじめは、雑誌に大きく広告を出している大手不動産会社を中心に探した。が、どうも頼りない。というか、あてにならない。紹介してくるのは、外観はこじゃれているが息が詰まりそうなワンルーム物件ばかりで、しかもラブホテルの裏とか風俗街の隣とか、立地が怪しすぎる。それらを紹介する若い社員も口は達者なのだが、どこか誠意に欠けていた。ちょっとでも迷っていると「もうこれ以上の物件はないよ？　決めちゃいなよ」と、タメ口で強迫してくる。それでも迷っていると、「あんたが希望している条件の物件なんて、そうそうないよ、どこかで妥協しないと」

私の希望は、そんなに途方もないものなんだろうか。

私が探しているのは、職場から遠くない、堅気の住宅街の中にある、バス・トイレ別の、できれば二間以上あって収納もそこそこ充実している、外観はダサくても、落ち着ける物件だ。

「だったら、地元の不動産屋で探したほうがいいわよ」そう言ったのは、母親だった。なにかの用事で電話があったときのことだ。「それとも、いっそのこと、マンションでも買えば？　中古とかなら、都心でも買えるんじゃない？」

マンションか。そうか、中古マンションを買うって手もある。でも、今から探して、六月までに引っ越せるかしら？

「まあ、購入となると、いろいろと書類を集めたり、住宅ローンの審査があったりして時間はかかるけど、今から探せば、六月までには大丈夫なんじゃないの？」少しその気になった私の背中を、母がぐいぐいと押す。

そして、目ぼしい物件をひとつ、見つけた。それはネットで見つけたものだが、乃木坂の中古マンションで、築十年、２ＬＤＫの六十平米で、二千八百万円。ここから、自転車で通勤できる距離だ。

「そんなに安いんですか？　乃木坂で？」

目黒さんが、クッキーをかじりながら、その大きな目をくるりと見開いた。

「ね、びっくりでしょう？　写真しか見てないんだけど、外観も内装も、結構いいのよ」私も、目を見開きながら、応えた。

「へー、いいですね。でも、私はマンションを買うなんて、無理だろうな。宝くじを当てない限り」

「あら、住宅ローンがあるじゃない。私だって、ローンで買うつもりよ」

「吉村さんはいいですよ、正社員だし、勤続年数も長いし。なにしろ、勤め先は大手企業ですし。だから、すぐにローンの審査も下りるだろうけれど、私みたいな派遣じゃ……無理です。彼氏もあんなんですし」

「彼氏と、結婚、考えているの？」

「まあ……一応。で、その物件、買うんですか？」

「実は、まだ、不動産屋にも行ってないのよ」本当は、この週末に行く予定だった。だが、朋子から連絡があって、急遽、同窓会に参加することになった。

――あの子、来るってよ。

朋子のその一言に、私は勝てなかった。それは、好奇心なんだろうか。それとも――。

あの子の変わり果てた姿が浮かんできて、私は肩を竦めた。いくらなんでも、あんなに変わっちゃうなんて。

「吉村さん？」

目黒さんが、こちらを窺って（うかが）いる。

「うん。明日のことを、ちょっと考えていた」私は、目黒さんにもらったカレーパンをかじりながら、言った。「明日、定時に上がれたら、不動産屋に行ってみようかなって」

「そうですよ、早く行かないと。そんないい物件、すぐに他の人に取られちゃいますよ」

＋

そして翌日、定時の五時に上がった私は、新宿のK不動産を訪ねた。

「でも、ここは、心理的瑕疵物件ですよ」

K不動産の主は言った。グレーのスーツを着込んだ、べっこう縁眼鏡の、初老の女性だった。

「心理的瑕疵物件？」

「民法五七〇条、瑕疵担保責任。殺人や自殺など事件が起きた物件は心理的瑕疵物件として扱われることになっています。これら瑕疵のある物件を売買したり貸したりするときは、仲介業者は契約をする前にそれらを説明する義務が生じるのです。いわゆる、重要事項説明の義務です」女性は、録音されたアナウンスのように抑揚もつけずに一気に説明した。

「……つまり、その部屋でなにか事件があったんですか？」

「事件というか――」しかし、ここで言葉が濁った。そして人差し指だけで眼鏡のブリッジをずり上げた。「まあ、要するに、自殺です」

「え、自殺？」私の声が裏返える。

しかし不動産屋の女性は、淡々とした口調で言った。「はい。自殺があった部屋ですが、いいですか？」

「いつ？」

「半年前」

「そんなに最近？」

「リフォーム済みですよ」

「でも……」

「幽霊が出るとか、そんな噂は今のところ、ありませんが？」

「いえいえ、そういう問題じゃなくて――」

「じゃ、他の物件、見てみますか？」

「はい、ぜひ」

そして、一分もしないうちに、デスクに七枚の物件チラシが並べられた。

無理だ。私は、つぶやいた。どれも、四千万円を超えている。

「だとしたら、条件を少し、変更していただきませんと。……どうしても、２ＬＤＫがご希望ですか？」

「できたら……」

「日比谷から地下鉄で二十分圏内というのも、譲れませんか？」

せっかく、マンションを買うんだ。妥協はしたくない。「はい。できたら」私は、語尾を強めた。

「そうですか」

　女性は、デスク横の棚を見た。そこには、ファイルがずらりと並んでいる。背表紙にはそれぞれ何かタイトルが書かれており、女性の視線が、右から順にそれを追っていく。そして、「心理的瑕疵物件」というタイトルのファイルで視線が止まった。

「いえいえ、だから、駄目です。それだけは」

　勧められる前に、私は、頭を横に振った。「私、こう見えて、怖がりなんです」

「しかし、ですね。あなたの条件では、都心のマンションはちょっと難しいですよ。いくらマンションの価格が下がっているとはいえ、都心はまだまだ人気なんです」

「でも」

「考え方を変えてみては、どうですか？」女性の口元が綻ぶ。「心理的瑕疵物件といっても、お祓(はら)いは済んでいますし、まるで新品のように隅から隅まですべてリフォーム済みですし、お風呂もトイレも、キッチンまでも新品なんですよ？　キッチンなんて、最新のシステムキッチンが入っていますしね。これはあなた、新築で買うのと同じですよ」

「はあ」理屈では分かっていても。

「それにですね、どんな土地にだって、いわくはあるものです。そんなことといったら、東京なんて、どこにいってもいわくつきですよ。なにしろ、大震災はありましたし、大空襲だってありましたし」

「はあ」確かに、言われてみれば、そうだ。どの土地だって、かつては人が死んだ場所なのだ。私の心が、少しだけ、前向きになる。

「あの。……その事故物件、自殺があったとおっしゃってましたが」

「そう、自殺。首吊り自殺。あなたと同じぐらいの歳の、中年女性」

中年女性という言葉で、少しカチンとくる。

が、不動産屋は、続けた。

「でも、なんか、ちょっとおかしいんですよね」

「なんですか？」

「自殺にしては、なにか変なところがありまして。実は、私の知り合いが第一発見者なんですけど、部屋は血の海だったそうです。全身をめった刺しにされていたんですよ。顔もひどく破損していました。それを聞いて、私、てっきり殺人だと」

いや、それは、どう考えても、殺人でしょう！　自殺より、たちが悪い。

「でも、警察は、自殺で処理しちゃったんですよ」

「うそ、信じられない。じゃ、自分で自分の体と顔をめった刺しにして、首を吊ったんですか？」

「精神が錯乱していた結果だろうって、警察は」

「それって、警察の怠慢じゃないんですか？　本当は殺人なのに、犯人を挙げるのが面倒で、自殺で処理しちゃったとか？」言ってはみたものの、……まさかね、そんなこと、あるはずないか。

「それがね」

女性は、「心理的瑕疵物件」と書かれたファイルを棚から引き抜いた。

「結構、多いんですよ。自殺にしては明らかにおかしいのに、自殺で処理されているってケース」

女性が、ファイルを開く。そこには相当な量の用紙が綴じられていた。たぶん、百件は超えていると思う。

「三分の二が、自殺、または殺人のあった物件。残りが、幽霊やラップ現象などの超常現象がある物件。でも、やっぱり、自殺が圧倒的に多いですね」女性は、慣れた手つきでファイルをめくりはじめた。「自殺で解決している事件も、よくよく調べてみると、おかしなことばかり。これとか」

女性は、事故物件の書類を開くと、その備考欄に指を置いた。

――全身をロープで縛り手錠をかけて、首吊り自殺。

「これも、どう考えても変な自殺」

――自分で自分の首をはねて自殺。首は発見されず。

「あと、これとか」

――心臓を包丁で刺したあと、両手をガムテープで縛り、首を吊って自殺。

「どう考えたって、他殺でしょう、全部！」

私は、声を上げた。ドラマや小説なら、間違いなく主役の刑事か探偵が登場して、

「うん、これは？」と問題提起するだろう。いやいや、刑事や探偵でなくても、誰もが、疑問を抱く。

「でも、これが現実なんですよ。疑問を抱く前に、自殺で処理されちゃうのが、現実」ファイルをめくりながら、女性は肩を竦めた。

「でも。いくらなんでも、こんなに不自然なのに。そんなに簡単に自殺って認定されるもんなんですかね」

「遺書」

「え？」

「遺書が残っていた場合、ほとんどは自殺で片付けられるようですね」

「いや、でも。筆跡鑑定とかしないんでしょうかね。パソコンとかなら、機種の特定とか……」

「そんなことやるのは、ドラマや小説だけですよ」女性の唇が、かすかに笑う。

やっぱり、そういうものなんだろうか。

「犯罪率が世界的に見ても低いっていうのは、別の見方をすれば、合法的に罪から逃れている悪人がたくさんいるってだけのことなのかもしれません」

「納得、いかないですね」

「あなたも、事件に巻き込まれないように。おおかた、〝自殺〟か〝事故〟で片付けられるだけですよ。……で、どうします、物件、見てみます？」

私は、苦い笑いを浮かべながら、首を傾げた。せっかく前向きになった気持ちも、すっかり萎えてしまった。やっぱり、その物件は……。

「実際に見てみれば、気持ちも変わると思いますよ。なにしろ、ここは、掘り出し物ですから。新築のときは、七千万円で売り出されていた物件です。それだけの価値はあります」

七千万円！　そんな部屋、本来だったらまったく手が届かない。

「でも、いわくがついたからこそ、手に届くんですよ。どうします？　実は、見てみたいとおっしゃっている人が、あと、数人いらっしゃるんですけど」

やっぱり、他にも、いるんだ、希望者。そんなことを言われたら、焦燥感に火がつかないわけがない。私は、

「はい、今から、行ってみます」

と、応えていた。

それから、三十分後、私は現地にいた。そのマンションを見たとき、外観だけですでに一目惚れだった。部屋を見たとき、私は声を上げた。

「決めます、ここに、決めます！」

＋

「うそ、決めちゃったの？」朋子の声が、驚いている。

家に戻っても、興奮は収まらず、どうしても、誰かに報告したかった。そして、押したのが、朋子の電話番号だった。朋子は、まだ、職場のようだった。

「やるね、美弥」朋子は、呆れ声で言った。でも、それも仕方ない、なにしろ、マンションを衝動買いしたのだ。

「と、いっても、手付けの百万円、支払っただけだけど。銀行のATM、九時までや

っていてくれて、助かった。だって、明日になったら、他の人が見にくるっていうのよ。その人に先越されるところだった」

「そんなに、いい所だったんだ」

「うん。最上階で角部屋、なにより、夜景が素晴らしいのよ。四方に窓があって、東京タワーはもちろん、新宿の高層ビル群も、東京湾の灯りも見えたわ。昼間は、富士山がきれいだって」

「でも、いわくつきなんでしょう?」

「そんないわくなんて、あの夜景を見れば吹っ飛ぶわよ」

「で、引っ越しはいつ?」

「六月ぐらいを予定しているんだけど。でも、それまでがいろいろと大変そう。今日、不動産屋に、用意しなくちゃいけない書類を教えてもらったんだけど、これが、もう。まずは、実印を作らなきゃ。そして、ローンの手続きでしょ、それと……」

「ね、ところで、新聞、見た?」

朋子の声が、いきなり重たくなる。私は、自分だけがはしゃぎすぎたのかと、受話器を持ち直した。

「新聞?」

「てっきり、そのことだと思った、この電話」

「なに？　新聞が、どうしたの？」

私の興奮は急激に冷め、その代わり、なにか途方もない不安が足から上ってくる。

「あの子が、逮捕された」

「え？」

「内縁の夫を刺したらしいの。一昨日のことよ」

「だって、一昨日は同窓会に」

「そのあと、帰宅してからの事件みたいよ。新聞には詳しく載ってないけど、口論の末、だって」

「殺したの？」

「まだ、死んでない。でも、重傷みたい」

「やだ、でも、なんで、そんなことに」

「痴情のもつれってやつよ。その内縁の夫、二十六歳だって。二十歳年下よ？　よくやるよ、ほんと。でも、そんな予感はあったけどね。あの子は、必ずなんか、やらかすって。高校んときも、いろいろと騒ぎ起こしていたじゃない。橘先生事件とか」

「……裁判」

「え？」

「裁判、やる？」

「やだ、当たり前じゃない。なに？　どうしたの？」

「見に……行こうかな」

「行くの？」

「あの子、確か、今は王子に住んでいるって言ってたよね？　北区の。だったら、東京地裁だよね？　だって、ほら。裁判所、うちの会社から歩いて行ける距離だし。なら、ちょっと、会社を抜け出して。……だって、やっぱり、気になるじゃない、一応、元クラスメイトだったんだよ？　朋子は、気にならない？」

「うん。まあ。……なら、初公判の日が分かったら、知らせるよ」

「分かるの？」

「これでも私、マスコミだよ？　追い出される身だけど、それまでは、特権を大いに利用するわよ」

「追い出されるって、なに？」

「まあ、そのことは、今度ゆっくり。じゃ、今、ちょっと校了真っ最中だからさ、切るよ？」

「あ、ごめん、なんか変なときに電話して」

「ううん。じゃ、なにか分かったら、連絡する」

そして、電話は切れた。

私は、ぽつんと、立ち竦む。マンションの興奮が、嘘のように冷めている。

あの子が……逮捕された。

私は、繰り返し、つぶやいた。

＋

「いったい、これはなんですか？」

その怒声は、廊下にまで聞こえた。

怒鳴っているのは、教頭の巴御前。もちろん、渾名で、その男勝りの勇ましい様子が、武将の首をねじ切って捨てた巴御前の武勇伝に重なるということで、誰かがつけた。割と話の分かる女教師で生徒からも人気があったが、妙に潔癖なところがあり、男女交際や性の問題に関しては鬼のように煩かった。巴御前の他に、桜花女学園の修道女とも呼ばれていた。

「なになに、なにがあったの？」

一緒にいた朋子が、まるで自分のことのように身を縮めている。

私たちは掃除当番で、この日は職員室横の応接室の掃除を任されていた。が、扉は閉められ、ジャージー姿の私たちは、箒と雑巾とバケツを持ちながら、おろおろと、廊下に待機させられていた。

それは、夏休みも終わった、十月の中旬。中間テストを控えた、ある月曜日の午後。

「答えてください、これは、あなたですよね?」

巴御前の怒声が、窓ガラスを揺るがしながら、廊下まで響く。

誰かが、窓ガラスが五センチほど開いているのを発見した。私たちは、交代で、隙間から中をのぞいてみる。

限られた視界の中、顔を真っ赤に染めた巴御前と、顔色を失った橘先生が対峙していた。巴御前は、何かを手にしている。

「『女性生活』だ!」誰かが、叫んだ。

その声は中にも届いたらしく、巴御前の険しい視線が、こちらに向けられた。

「あなたたちは、もう帰りなさい!」

そんな怒声が響き、私たちは、猛ダッシュでそこから退散した。

制服に着替えて、映画研究会の部室に集まった私たちは、「とにかく、キーは、『女性生活』ね」という結論に至り、「じゃ、ちょっと、自転車飛ばして、買ってくる」と、自転車通学している生徒が飛び出していった。いつもはお尻の重たい子だったが、こういうときは、誰よりも決断が早い。それだけ、私たちの好奇心は、今にもはじけそうだった。

　三十分後、その子がようやく戻ってきた。その間、私たちは、爆発しそうな好奇心を、購買で買ってきた菓子パンを食べて、なんとか抑えつけていた。

「遅い！」

「買ってきたよ！」

「だって、駅前の本屋まで行ってたんだもん」

「その角曲がったところに、本屋、あるじゃん」

「そんなところで買ったら、恥ずかしいよ」

「駅前で買ったって、同じだよ。制服着てんだから」

「あ」その子は、はじめて、自分の姿を客観的に認識したのか、「もう、やだ、恥ずかしい！　絶対、あの本屋には行けないよ！」

「そんなことより、早く、『女性生活』」

　私たちは、頭をくっつけて、一枚、一枚、「女性生活」をめくっていった。そして、そのページに来たとき、

「これだ」

　と、朋子がつぶやいた。

　それは、読者の投稿ページで、体験談などが載っているコーナーだった。見開き二ページ、タイトルは、「T先生と私のセックス日記～O女学園の淫らな放課後」。

読み進むにつれ、みんなの顔が青ざめていった。

「でも、この手の投稿記事って、本当は編集者とかライターとかが書いているって聞いたよ？」

誰かが、そんなことを言い出した。

「でも、中には、本物の投稿もあるんじゃない？　でなきゃ、ここまで、詳しく……」

その投稿は、桜花女学園の様子があまりに詳細に、そして正確に、書かれている。

「じゃ、誰が投稿したのよ？」

「だから、……〝私〟なんじゃない？」

私は、言った。

それを読んだ桜花女学園の生徒なら、〝T〟と表記された教師が橘先生で、〝私〟と表記された女子生徒が「あの子」であることは、一目瞭然だった。

「じゃ、……葉山さんが？」

誰かが名前を出すと、私たちは、一瞬、言葉を見失った。これは、スキャンダルだ。スキャンダルは、私たちの大好物。でも、それは、あまりに、生々し過ぎて、手に余るものだった。私たちは、「女性生活」を、静かに閉じた。

その日、私たちは無言のまま解散したけれど、噂が学園中に広まるには、時間はかからなかった。

噂は表立って語られることはなく、中庭の物陰やお手洗いの暗がり、放課後の教室で、人目を避けながら、ひそひそと語られた。

幻滅、破廉恥、信じられない。

そんな罵倒が飛び交い、一週間もしないうちに、学園中は内緒話の渦に埋もれた。

「橘先生、どうなるんだろう?」

「そりゃ、やっぱり、なにかしらの処分はあるんじゃない?」

「じゃ、葉山さんは?」

「退学じゃない?」

しかし、所詮は雑誌の投稿記事だ。誰が書いたのかは分からないし、真実なのかも分からない。なにより、〝T〟が橘先生で、〝私〟があの子である証拠はどこにもなかった。だから、橘先生は処分されることはなく、あの子も退学することはなかった。

が、それから、二ヵ月後。橘先生の奥さんが、自殺した。それを機に、橘先生は学園を去り、あの子だけが、残った。

「よく、いられるね」

「どんな心臓してんのかしら」

「毛が生えているのよ」

「あんな、綺麗な顔しているのに、中味はどろどろ」

年が明ける頃には、あの子のファンは一人もいなくなっていた。名実ともに「一匹狼」になったあの子は、しだいに、噂にすら上らなくなっていた。それまでは、みんなあの子を遠巻きで見ていたが、見ることすらしなくなった。そこにいるのに、いないことにされてしまったあの子は、さながら幽霊のようだった。

そして、一年が終わり、私たちは、二年に進級した。持ち上がり進級が原則だったので、そのまま同じ顔ぶれで教室だけが移動になったが、あの子の席だけは、用意されていなかった。

あの子が学園を去ったことを聞かされたのは、二年になってはじめてのホームルームのときだった。

3

朋子から連絡があったのは、それから二ヵ月後の、五月の三週目の月曜日。

天気のいい日で、私は、日比谷公園で昼休みを過ごしていた。

松本楼で買ったテイクアウトのオムライス弁当をあと一口残したところで、携帯電話が鳴った。

「初公判、今週の金曜日だって」

「もう？　もう、裁判、はじまるの？」

「殺人未遂だし、本人も容疑を認めているから、早いんじゃない？　たぶん、裁判じたいも、そんなに長引かないと思う。行く？」

「時間は？」

「午前十時から」

私は、頭の中で今週のスケジュールを確認した。うん、繁忙期が過ぎた今、今週は特に大きな仕事はない。半休をとっても、咎められることはないだろう。

「ありがとう。じゃ、ちょっと、行ってみる。裁判所なら、会社から近いし」

私は、裁判所がある方角に、視線をめぐらせた。確か、あの辺にあったはず。ここから五分とかからない。

「で、あれから、どうなった？」朋子の問いに、私は、身構えた。きっと、あのことだ。が、

「なにが？」と私は、惚(とぼ)けた。

「だから、マンション」

「ああ」私は、他人事(ひとごと)のように言った。「あれ、駄目みたい。ローンの審査、通らなかった」

「え？　だって、名の知れた商社の正社員なのに？　勤続二十四年なのに？　どう考えたって、楽勝で審査通るんじゃない？」

「うん。私も、そう思ってた。楽勝だって、でも」

「勤務形態に、問題あり」

「やだ、なんで？」

私は、一ヵ月前にかかってきた不動産屋の電話を思い出して、喉を詰まらせた。

――吉村さん、あなた、派遣社員なんですか？　それならそうと、なんでおっしゃってくれなかったんですか。申し訳ありませんが、派遣で、しかも、勤続年数が三年足らずでは、住宅ローンはちょっと難しいですね。

「どういうこと？」朋子の声が、濁る。それは、まさに、一ヵ月前の私の台詞。

「私ね、いつのまにか、派遣社員になってたのよ」私は努めて、いつもと変わらない調子で、返した。

「意味、分かんないんだけど」これも、いつかの私の台詞。そう、一ヵ月前、会社の人事部に問い合わせたときだった。

――吉村さんは、三年前、子会社の人材派遣会社に籍が移り、そのまま派遣社員に変更になっています。

新人だろうか、人事部の担当は、たどたどしいながらも、そうはっきりと言い放った。

「つまり、どういうこと？」朋子は、なかなか理解できないという感じで、聞き返した。一ヵ月前の私と同じだ。私もなかなか理解できなくて、何度も確認したものだ。

「つまりね。私、五年前に、出向という形で子会社の人材派遣会社に移ったんだけど。もちろん、籍は本社のままで。子会社といっても、職場は同じビルだし、やることも以前と変わらなかったから、私は承諾した。で、今に至るんだけど、本社に籍があると思っていたのは私だけで、いつのまにか、子会社の人材派遣会社に正式に籍が移っていて、挙句の果てに、その子会社の派遣スタッフになっていて、それで今の職場に派遣という形で配属になったというわけ」

「なんだか複雑でよく分かんないんだけど、要するに、本人が知らない間に、会社を辞めさせられて、派遣社員にさせられてたってこと？」

「まあ、簡単に言えば、そうだね」

「そんなこと、許されるの？　っていうか、どうして気がつかなかったの？」

「三年前からボーナスがなくなって、変だなぁとは思ったのよ。でも、このご時世でしょう？　仕方ないのかな？　って。それに、月給は逆に上がったんで、気にしなかった。でも、よくよく考えたら、五年前も、三年前も、なにか書類が回ってきて、なにも考えずにそれに判子押したんだよね。それが、移籍の契約書だったたってこと。つまり、私が、バカだったって話よ。笑っちゃうでしょう?」

「笑えないよ! それ、会社、訴えなさいよ」

「やられたの、私だけじゃないし。私と同じぐらいの女子社員、ほとんどやられているし。でも、気がつかなかったおバカさんは、私だけみたいだけど」

「組合に掛け合うとか」

「もう、いいのよ。大丈夫。知ったときはショックだったけど、手付金の百万円は戻ってきたし、やっぱり心理的瑕疵物件なんてイヤだしさ。それに、生活に困っているわけじゃないし。変に騒ぎ起こして、クビになったら、それこそアウト」

「でも、引っ越しは? 今のところ、契約切れるんでしょう?」

「うん。大家に頼み込んで、契約更新してもらった。引っ越し代、浮いたわよ。浮いた分で、旅行にでも行こうかなって」

「美弥!」

「じゃ、もう、そろそろオフィスに戻らなくちゃ。裁判の情報、ありがとう。朋子は、行くの?」

「私は、校了と重なっているから、行けないけど」

「じゃ、裁判の様子、報告するね」

そして、私は、電話を切った。切ったとたん、鼻の奥がつーんと痛くなり、瞼がじんわりと熱くなってきた。

　一口残ったオムライスを、プラスチックスプーンで掬う。しかし、それを口に入れる前に、涙が唇を濡らした。

「あの、……ちょっとお訊きしていいですか」

　顔を上げると、雑誌の切抜きを手にした若い女の子が二人。しかし、泣き顔の私を見て、声をかけたことを後悔したようだ。二人の体が、一歩、下がる。

「なんですか？」しかし、私は、咄嗟に笑みを作った。

「あ、はい」女の子も、ここで逃げたらバツが悪いと、質問を続けた。

「首かけイチョウって、どこにありますか？」

　首かけイチョウ？

「これです、これ」女の子は、切抜きを差し出した。それは、見覚えのある風景。

「ああ、松本楼の前にある、あの木」

　松本楼のテラスの前に、大きな木がある。木の前になにか案内板があったような気もするが、今まで、気にも留めなかった。

「あの木、有名なの？」

「はい！　今、東京で一番、効果のあるパワースポットなんですっ」

「へー。パワースポット？」

「はい。運が開けるんです。願い事も叶うんです！」

「そうなんだ」

そんなに有名な木だなんて、ひとつも知らなかった。

「で、どこにありますか、そのイチョウの木」

「あっちよ」私は、西の方向を指差した。「この道を道なりに行けば、行列にぶつかるわ。松本楼っていう洋食屋さんの行列なんだけど、テラスの前にあるのが、その木よ」

「ありがとうございます！」

そして、二人の女の子は、駆け足で去っていった。

高校生ぐらいだろうか。それとも、大学生？ いずれにしても、願い事を抱えきれないほど持っている年頃だ。かつて、私もそうだった。神社に行っても、あまりに願い事が多すぎて、結局、なにも祈願できずにいた。

願い事が多いということは、それだけ未来に希望があるということだ。なら、今の私の願い事はなんだろう？ 思い浮かべてみたが、これといったものは浮かんでこなかった。

私には、願いすら、残っていないようだ。

＋

結局、その日は一日休んで、霞ケ関駅で降りた。

裁判所が見える。

入るのは初めてだ。なにか、緊張してしまう。

「法廷番号は、実際に裁判所に行ってから確認して。受付に、公判スケジュールが置いてあるから」

朋子に言われた通り、セキュリティチェックを抜けた私は、受付のカウンターに向かった。ファイルらしきものが置いてあり、何人かがそれに群がっている。裁判員裁判がはじまってからというもの、傍聴する人が増えたという。それは確かなようだ。

五分ほど待って、ようやくファイルを見ることができた。これが一日に行われる裁判なのだろうか、それは、結構、厚かった。

何枚かめくって、あの子の名前をみつけた。

４０２号法廷。これだ。

十時には、二十分ほど早い。法廷前に待合室を見つけると、私は、ベンチに腰を下ろした。

裁判所の印象は、予想に反して、それほど悪いものではなかった。もっと、こう、暗くて陰湿な場所を想像していたが、意外と清潔で明るく、さっぱりしている。ただ、少しさっぱりし過ぎている感じもする。天井は高く、廊下は車二台が通れる道路ほどあり、なのに無駄なものは一切排除されている。空間がありすぎて、どうしていいか分からない。砂利しか敷いていない神社の参道のような印象だ。人はいることはいるが、みな生気がなく、それが幽霊だと言われたら納得する。もしかしたら、自分もそんなふうに見られているのかもしれない。

ベンチに座って、五分ほど経った頃、男に連れられて女の子が待合室に入ってきた。

心臓が跳ね上がる。

「葉山さん」

私は、久しぶりにあの子の名前を口にした。それまでは、どうしても口にすることができず、代名詞を使っていた。あの子の名前を口にすることができなくなったのは、あの事件がきっかけだ。そう、夏休みの裏庭。演劇部の衣裳部屋。あれ以来、その名前を思い浮かべただけで、あの光景まで浮かんできて、私の頭は混乱した。その混乱はある種の発作も連れてきて、それは、三十年近く経った今も、私を縛り付けていた。

なのに、私は、その名前を口にした。それほど、目の前の光景が、私を驚かせた。

「葉山さん」

ほとんど反射で、私は、もう一度、口にした。

しかし、その子は特に反応もせずに、ゆっくりと、ベンチに腰を下ろす。

そして、私は徐々に冷静さを取り戻し、「あの子のはずがない」と理解する。

目の前の女の子は、確かに、あの頃のあの子にそっくりだ。目が離せない、美少女。

でも、本人であるはずがなく、本人とは同窓会で会っているが、当時の面影が探せないほど、著しく変貌していた。

では、この子は誰か。……娘？　そうだ、娘だ。娘がいると、同窓会で言っていた。高校一年生だと。なら、今は、二年生か？　いずれにしても、まだ十六、七歳だろう。まだまだ多感な時期だ。なのに、母親が事件を起こして、その裁判を傍聴する。私だったら、耐えられない。きっと、逃げ出している。この子も、本当は逃げ出したいはずだ。だって、その目は死んだ魚の目のように濁っている。しかし、隣には男がぴったりと張り付いていた。男は、三十手前だろうか。もしかしたら、もっと若いかもしれない。しかし、そのやさぐれた雰囲気は、強欲で狡猾（こうかつ）な老人にも見える。

男は、黒いスーツを着てはいるが、意識的に着崩しているのか、それともそんなふうにしか着られないのか、ひとことでいえば、チンピラのソレだった。綺麗に整えたつもりの眉毛はまるで似合ってなくて、おしゃれのつもりの無精ひげも、流行を追ったつもりの髪型も、すべてが、ちぐはぐだった。

そして、男にとって最もちぐはぐなのは、隣の女の子だった。まるで不似合い。なのに男は、まるで自分の女だというように、女の子の手を握ったり、肩を抱いたり、囁いたりしている。

汚らわしい。

この子は、こんな醜いチンピラの隣にいるために生まれたのではない。こんな綺麗な子をこんな目に遭わすなんて。

私の中に、不条理な怒りが渦巻く。

そして、五分前。私は、ベンチから立ち上がった。


すでに法廷は傍聴人で埋まっており、私は、最前列に空席を見つけると、そこに体を収めた。チンピラと女の子は、裁判所のスタッフらしき人の指示により、最前列の右端に腰を沈める。やはり、あの二人は、あの子の関係者だ。たぶん、あの席は、証人席。

しばらくすると、柵の向こう側、右側の扉から、あの子が現れる。私はその姿が直視できなくて、目をそむける。手錠に腰縄。灰色のトレーニングシャツに、グリーンのズボン。足元は、スリッパだった。モップのようにだらしなく波打った髪が頭にぺたりと貼り付き、化粧をしていないその顔は土色。同窓会のときより、少し、痩せたようだ。二重顎の肉はたるんだ皮だけとなり、脂肪でまるく盛り上がっていた背中は、板のように薄くなっている。

あの子は、刑務官の指示に従い、ゆっくりと被告人席に座る。

柵の向こう側のあの子と私の距離は、数メートル。手を伸ばせば届くかもしれない。が、その柵があるかぎり、あの子に触れることはできない。

こんなに近くいるのに、外国にいる人より遠い。その距離を作ってしまったのは、三十年の時間なのか、それとも。

そして、裁判ははじまり、検察官から事件のあらましが説明される。

——平成二十二年三月十四日午後八時ころ、東京都北区王子a丁目b番c号d荘一階にある被告人方において、被告人は、交際していたA（二十六歳）から別れ話を持ち出され、Aに考え直すように迫ったものの拒絶されたため、殺意をもって、同所台所から刃体の長さ約十六センチメートルの文化包丁一本を持ち出し、Aの背後にしゃがみ、前記文化包丁でその左側背部を数回突き刺したが、Aが早期に医師の治療を受けたため、全治まで約二十日間を必要とする左側背部刺創、右腋窩部刺入創の傷害を負わせたにとどまり、Aを殺害するに至らなかったものである。

要するに、年下の男に別れ話を持ち出されたあの子は、逆上し、台所から包丁を取り出すと、男の背中を数箇所刺した。が、死ぬまでには至らなかった……という事件である。

いわゆる、痴情のもつれだ。

そのあと、検察から、あの子の略歴が朗読される。

被告人、葉山沙希は、昭和三十八年十一月に静岡県修善寺に生まれ――。

検察官の声は籠って、しかも早口だったため、よく聞き取れなかった。

要約すれば、高校一年生までは順風満帆だった葉山沙希は、二年生に進学する直前に退学、そのあとは付き合っていた男に誘われ上京し一緒に暮らすもすぐに別れ、六本木のクラブで働きはじめる。そのときに出会ったアメリカ人と結婚するが、三年で離婚。その後は六本木、銀座、新宿とクラブやスナックを渡り歩き、二十九歳のとき自称芸能エージェントの男と再婚、翌年長女を出産。が、その直後、夫は覚せい剤の売買が発覚し逮捕され、続いて葉山沙希も覚せい剤取締法違反で逮捕されるに至り、執行猶予つきの有罪を言い渡される。その後、夫とは正式に離婚し、池袋のスナックで働きながら長女を育てるが、四十三歳のときに、今回の被害者であるAと出会い、同棲をはじめる。これを機に、スナックの客の勧めで連鎖販売取引、いわゆるマルチ商法の販売員になるも、売り上げは芳しくなく、借金だけが増えていった。

…………。

「典型的な、転落劇だね」

その声に、私は顔を上げた。鏡に映っているのは、朋子。

「やだ、来てたの？」

「うん。三十分ぐらい前。美弥はどうしたの？　途中で席を立ったきり、戻ってこないから、心配したよ」

そう、私は、検察官の朗読に耐えられなくなって、中座して、トイレに駆け込んだのだった。

「具合、悪いの？」

「ううん、そんなことはない。ただ、あの検察官の声が、あまりに聞きづらかったから、睡魔に襲われて。あんなまん前で寝ちゃったら、顰蹙(ひんしゅく)でしょう？」

「確かに」

「裁判は？　今、どんな感じ？」

「もう、終わったよ」

「うそ」

「次は、来週の金曜日。被害者の男と、あの子の娘が証言台に立つみたい」

「被害者の男って……傍聴席にいた？」

「そう。最前列の右端にいたのが、被害者A、その隣にいたのが、あの子の娘。十六歳だって」

「そう」十六歳。あの頃のあの子と同じ歳。

「美弥は、来週も傍聴するの？」

「さすがに、そうそう休めないから、無理かな」

「そうか」

「朋子は？」

「ここまできたら、判決まで見届けるわよ。ちょっと、気になることもあるし」

「なにが、気になるの？」

「傍聴席に、いかにもって人が何人かいたけど、気付いた？」

ああ、そういえば、いかつい顔のスキンヘッドとか、サングラスをかけている人とか、いたような気がする。

「なんか、裏がありそうな感じだよね」朋子が、ぼそりとつぶやく。

「裏？」

「まあ、私たちには関係ないことだけど。……で、これから、どうする？　仕事？」

「ううん。今日は、休んだ。朋子は？」

「私も、夕方までに戻ればいいって感じ」

「じゃ、……久しぶりに、一緒にランチ、する？」

「いいね。どこにする？」

「日比谷公園は？　洋食屋があるんだけど」

「松本楼だね。うん、そこにしよう」

＋

天気がいいせいか、松本楼の行列はいつもより長かった。待つのもよかったが、私たちは、ワゴン売りされている弁当を買って、ベンチでそれを食べることにした。ついでに、売店でラムネとスナック菓子も買い込む。

「ちょっとした、ピクニックだね」

「うん」

まさに、今日はピクニック日和。五月の柔らかい風と太陽の日差しと、バラの香り。そして、仕事は休み。みんなが働いているときに休暇を楽しむのは、極上の贅沢だ。

しかし、あの子は当分、こんな解放感を味わえない。今頃は、もう、拘置所の中だろうか。

「執行猶予はつくかな?」私は、言った。

「うん、殺人未遂だから、初犯ならね。でも、覚せい剤の前科もあるし。ちょっと微妙かも。もしかしたら一、二年は、刑務所かもね」

「そっか」弁当の蓋を開けながら、私は、肩を竦めた。「ね。さっき、典型的な転落劇だねって」

「うん。言った」

「だとしたら、転落のきっかけって、なんだと思う?」

「うん?」朋子がこちらを見る。

「裁判では、高校までは、順風満帆だったたって。やっぱり、あの事件が、きっかけ?」

「あの事件?」

「橘先生との……」

「さあ、どうだろう」

「私さ、あの年の夏休み、見ちゃったんだよね、橘先生とあの子が——」

「だとしても、自業自得だよ。私たちには、関係ない」

「そうかな？」

「裁判では触れてなかったけど、あの子、家庭が複雑でね。……あの子、中学二年生のときに、うちの中学に転校してきたんだ。お母さんが再婚した関係で。でも、新しいお父さんとはあまりうまくいってなかったみたいで、中学のときも、なにかと学校を休んでいた。直接の原因があるとしたら、それだよ。私たちには、関係ない」

「そうだよね」私は、オムライスのケチャップをスプーンの背で、意味もなく広げる。「娘さん」

「え？」

「娘さん、あの子にそっくりだった。高校生の頃のあの子に」

「そうだね。すごく、かわいい子だった」朋子は、いつ買ったのか、ビールの缶を開けた。

「あの娘、どうなるのかな？　母親があんなことになって。懲役なんてついたら。……今、どこに住んでいるんだろう？」

「事件があったアパートに今も住んでいるみたいよ、あの男と」ビールを啜りながら、朋子。

「あの男って、あの、チンピラ？」

「そう」

「でも、別れ話が出ていたんだよね？　だから、あんな事件が起きたんだよね？」

「でも、内縁関係は結構長いみたいだから、腐れ縁じゃない？」

「あのチンピラ、ちゃんと働いているの？　娘を育てていけるの？」

「さあ。でも、あの二人が、次の法廷では、情状酌量の証人になるみたいだから、まあ、なんとかやってんじゃないの？」

「情状酌量って？」

「刑がなるべく軽く済むように、裁判官にお願いする証人。たいがいは、家族が証人になる。これからは私が一生をかけて被告人の更生を助けますから、どうか、ご温情を……って」

「家族ったって、あのチンピラ、被害者でしょう？」

「そんなの、珍しくもないわよ」朋子は、言いながら、ビールを一缶空けた。そして、ビニール袋から、もう一本、取り出す。

「これから、仕事でしょう？　大丈夫？」

「うん、大丈夫」

朋子は言ったが、その手は震えている。仕事で、なにかあったのだろうか。そういえば、前の電話で、変なことを言っていた。「追い出される」。気になったが、しかし、それはここで訊いてはいけない気がして、私は、裁判の話題を続けた。

「でも、なにか変な事件だよね。痴話喧嘩で、あの子が衝動的に男を包丁で刺したってことだけど。でも、刺されたのは背中でしょう？　しかも、しゃがんだ姿勢で刺している。なんで、そんな姿勢で、後ろから？」

「さあ」

「痴話喧嘩で殺傷沙汰になるなら、普通は、正面から刺さない？」

「どうだろう」

「背中ってことは、もしかしたら、男はなにか他のことをやっていて、それがあの子には我慢ならないことで、だから、背後から襲った……と考えたほうが、現実的じゃない？」

「まあ。……そうかもね」ビールの缶が激しく震えている。朋子は、震える右手を、左手で押さえ込んだ。

「朋子？　……本当に、大丈夫？」

「やだやだ。情けない。最近は、お酒飲んでいても、こうだもん」朋子は、笑いながら言った。が、その顔は、泣いている。

「いわゆる、アル中よ。アルコール依存症。去年から発症して、最近は、お酒なしでは一時間ももたない。はじめは、ストレス解消だったんだけどね。ううん、プレッシャーに負けたのよ。やっぱり、私、編集長なんて器じゃなかった」

激しく震えだした朋子の上半身を、私は、押さえ込んだ。

「大丈夫、大丈夫。今は、まだ大丈夫」朋子は、私の手をそっと押し戻すと、大きく息を吸い込んだ。「お酒を飲めば、一時間はもつわ。……ほら、震えだって、おさまりだしている。大丈夫よ、あともう少しで、元通りになる。大丈夫」

しかし、その肩は相変わらず震えている。私は、どうしていいか分からず、目の前の、新緑をこんもりと茂らせた木を指差した。とにかく、話題を変えたかった。

「ね、首かけイチョウって知ってる?」私は、まるで女子高生のような高い調子で、言った。

「首かけイチョウ?」朋子が、缶ビールをベンチに置く。

「今、流行っているんだって。願い事が叶うのよ」

「本当?」

「じゃ、試しに、なにか祈願してみる?」

そして、私たちは、そのイチョウの大木の前までやってきた。

木の周りでは、若い子たちが、手を広げたり、手を合わせたり、瞑想にふけったりしている。この子たちに混じって祈るのは、なにか気恥ずかしい気もしたが、朋子が早速祈りはじめたので、私も真似てみる。

でも、頭は真っ白で、願いなんて、なにも浮かばない。朋子を見ると、深く頭を垂れて、一途に祈っている。

私は、もう一度、手を合わせてみた。

——どうか、私の願いがなんであるか、教えてください。

4

北区王子。土地勘なら、あった。大学生のとき、四年間住んだ街だ。だから、裁判でその住所が読み上げられたとき、すぐにあたりをつけることができた。王子駅で降りて、北本通りを東十条方面に数分歩き、王子消防署横の道を折れ、さらに五分ほど歩いた場所。

ここだ。このアパート。

我ながら、どういうつもりなのかと思う。日比谷公園で朋子と別れたのが、午後一時半。映画でも見て帰ろうと、有楽町方面をぶらついていたのに、気がついたら山手線に乗っていた。そしてそのまま惰性で電車に揺られ、田端で降り、京浜東北線に乗り換えていた。

本当に、どういう心理状態なのかと思う。そこまで、私は好奇心の強い女なのか。

そこまで、あの子の転落人生をのぞき見したいのか。

私は、アパートの前で途方に暮れる。

私は、そこまでして、あの子の不幸を確認したいのか。

いつだったか、朋子は言った。

「これで、少しは溜飲が下がった?」

確かに、私はあの子が憎たらしくて、妬ましくて、憎んですらいた。大好きだった橘先生をあんな形で堕落させ、そして人生を狂わせた。だから、あの子が高校を退学になったときは、これで私はようやく解放されると思った。私を縛り付けていた、黒い感情から。でも、そんなに易くはなかった。私は、いまだにあの子を名前で呼べないし、呼べば、あのときと同じ真っ黒な感情が私の中で氾濫して、ヘドロ塗れになる。

私は、私なりに、幸せだったはずだ。高校生活は悪くはなかったし、大学も希望通りのところに行けたし、キャンパスライフも大いに楽しんだし、就職活動も思い通りに運んだ。内定をいくつもとり、その中で一番名の通った大手商社に決め、入社後も充実した日々を送ってきた。人並みに恋愛も楽しんだし、結婚を申し込まれたことも二、三ある。

それでも私の中には何かがへばりついていて、どんなにこそぎ落とそうとしても、落ちなかった。それはきっと、容姿のコンプレックスからくるものだと、私は、少し釣り気味の細い目のせいにしてみた。小さい頃からのコンプレックス、この目のせいで、いつでも性格がきつく見られる。その度に、私は傷ついてきたのだ。私を苦しめるヘドロはその傷口から染み出してくるのだ。

だから私は、夏休みを利用して、美容整形のドアを叩いた。「どんな目にしたいですか？」そんな医師の問いに、私は、「マリアンヌ・フェイスフルのように」と答えた。そう答えた自分に驚いたのは、自分自身だった。

そうか、私、マリアンヌ・フェイスフルになりたかったんだ。

しかし、出来上がった目は、マリアンヌ・フェイスフルからは程遠かった。それでも、私は、長年のコンプレックスを払拭することができたと思った。腕のいい医者で、目はさりげない二重になり、みんなから「メイクを変えたの？　きれいになったね」と言われ、私の心は軽やかになった。

そう、私は、幸せだったはずだ。

なのに、どうして、こんなところまで来てしまったのか。

あの子の不幸を、あの子の転落した生活を目の当たりにして、それでどうなるというのか。

アパートはいかにも古く、みすぼらしい外観で、それだけで充分、あの子の日陰の人生を知ることができる。あの子はこの二十八年間じめじめとした裏道を歩き続け、そして、たどり着いた場所は拘置所。

「これで、少しは溜飲が下がった？」

私は、自分に言い聞かせた。もう、これでいいじゃない。あの子のことは忘れなさいよ。

そうよ、忘れなくちゃ。私は、駅方面に体を向けた。そのとき。

やめて。

どこからか、そんな声が聞こえてきた。私は立ち止まり、周囲を見渡す。すでにあたりは夕暮れで、家の灯がぽつりぽつりと点りはじめている。

やめて。

それは、アパートの一階から聞こえる。そう、まさに、あの子の部屋だ。カーテンは閉め切られていたが、その隙間から、人影がちらちらとのぞく。

あのチンピラと、あの子の娘だ。

カーテンが激しく揺れ、中で尋常ではないことが行われていることは容易に想像ができた。

しかし、私の足は膠着(こうちゃく)し、一歩も前に出ない。

やがて、カーテンの動きが止まり、それと同時に、白い手が伸びてきて、カーテンにすが付いた。

＋

やめて。

むしりとられたオフィーリアの青いドレス、あの子が助けを呼んでいる。

葉山さん！

しかし、私の足は動かない。

やめて！

待っていて、葉山さん、待っていて。今、助けてあげる。

そして、私はナイフを握り締め、橘先生の背中をめがけて、一歩、踏み出す。

先生の背中から、どろっとした血が溢れ出し、私の袖を汚す。

「大丈夫？　吉村さん」

あの子が、私の名前を呼ぶ。

私は、目の前の惨劇よりも、そのことが嬉しくて、つい、笑みを浮かべる。

「うん、大丈夫。私は、大丈夫」

私は、極上の幸せを感じていた。それまで、あの子に名前を呼んでもらったことがない。もっとも、話す機会がなかった。いや、こちらから、避けていた。だから、あの子も、話しかけることはなかった。

でも、名前を呼んでもらった。

「吉村さん、ありがとう」

ううん。当たり前じゃない。だって私たち、友だちだもん。

＋

誰かに呼ばれた気がして、私は、顔を上げた。

そこは電車の中で、アナウンスは「東京駅」だと告げている。時計を見ると、午後の八時。

そうか私、あのまま逃げ帰ってきたんだ。あのときと同じだ。

あのときと、同じだ。

あまりに情けなくて、体が震えだす。

そして私は、はじめて気がついた。

そうか。私の本当の願いは、あの子と友だちになることだったんだ。

そう、私は、あの子を助けたかったんだ。

でも、私は、助けられなかった。その事実こそが、私を苦しめる「ヘドロ」だったんだ。

ならせめて、あの子の娘を助けてあげたい。

5

家に戻ると、私は、朋子に電話を入れた。朋子なら、あの娘を助ける手段をなにか知っているはず。

「うん、分かった。なんとかしてみる」

朋子はそう言うと、電話を切った。

朋子が「なんとかしてみる」と言ったなら、もう安心だ。朋子は昔から、行動力だけは抜群だった。きっと、月刊誌の編集長という肩書きを最大限に利用して、あのチンピラを追い詰めてくれるだろう。あのチンピラがあの子に刺されたのだって、娘に乱暴しようとしたからに違いない。だから、あのチンピラは、背中から刺されたのだ。しかし、チンピラは死ななかった。それどころか、娘の保護者面して、いまだに一緒に暮らしている。

そんなこと、あの子が望むはずがない。

だから、今度こそ、助けてあげなくちゃ。

しかし、その翌週の日曜日、私にもたらされたニュースは、まったく予想もしていないものだった。

朋子が、逮捕された。殺人容疑で。

「ね、野崎朋子って、あなたのお友だちの朋子ちゃんじゃない？」

朝方、そんな電話が母からあった。日曜日の午前、私は、まだ夢の中だった。だが、母があまりにしつこく、殺人、殺人と繰り返すものだから、私の眠気は一気に吹っ飛んだ。

急いでネットのニュースを確認してみると、朋子が男を殺害したというニュースがトップで報じられている。

――大手出版社の編集長、男を殺害。

誰を？　誰を殺したの？

被害者の名前には、見覚えがあった。あの、チンピラだ。

どういうこと？　どういうこと、朋子？

そして、その日の午後、速達が届いた。朋子からだった。消印は、王子。

――久しぶりに手紙を出します。メールだと、パソコンとか携帯電話を押収されたとき、警察の人に読まれるとちょっと嫌だから。

今、私は王子のファミレスにいます。

この手紙が届けられる頃には、私、警察の取り調べを受けているかな？　お酒なんてもう飲めないね。禁酒するいい機会かも。

さて、どこから説明すればいいかな。

そうだ、昨日の金曜日に行われた、葉山さんの二回公判のことから話すね。美弥は仕事で行かれなかったから、気になっていると思う。

二回公判は、主に、証人の質疑応答が行われた。証言台には娘とあのチンピラがそれぞれ立って、弁護人、検察官、両方から質問を受けた。そのとき、明らかになったことは、美弥が想像していることとは違うことだった。

娘とあのチンピラに肉体関係があったのは美弥の想像通りだけど、でも、性的虐待とか強姦とかそういうのじゃなかった。娘とチンピラは恋人関係にあって、近々、二人で家を出るつもりだったと証言した。美弥だったら、きっと、「チンピラに脅されて娘はそう証言しているだけだ」と思うだろうね。私も同じことを思った。

私ね、実は調べていたんだ。こういうときは、月刊誌の編集長というのが役に立つ。フリーライター、フリー記者を使って、周辺を洗わせた。そしたら、やっぱり、あのチンピラは曲者（くせもの）だった。組織の構成員で、葉山さん親子を覚せい剤で縛り付けて、お金を搾り取っていたのよ。娘は、可哀想に、売春もさせられていた。耐えられなくなった葉山さんはチンピラを刺したようだけど、今現在、娘を人質にとられている形だから、真相を言うわけにはいかないんでしょうね。裁判にも、葉山さんを監視するために、組織の関係者が数人傍聴に来ていたし。だから、ただの痴情のもつれの殺人未遂ってことにしているんだと思う。きっと、逮捕される前に、脅されたんでしょうね。「余計なことをしゃべったら、娘はただじゃすまない」って。

美弥の想像通り、あのチンピラは正真正銘の悪党よ。橘先生とは、比べ物にならないぐらいにね。

でも、橘先生も、悪党だったけどね。だって、既婚者のくせに、生徒に手を出したんだもん。だから、罰を受けて当然。

「女性生活」、覚えているでしょう？　橘先生とあの子の情事を暴露したあの手記、投稿したのは、私よ。

あの二人が、あの衣裳部屋でセックスしていたのは一度や二度じゃない。私がはじめて目撃したのは、夏休み前のテスト休みのとき。たまたま忘れ物を取りに行ったときに、偶然、あの二人が衣裳部屋に入っていくのを見つけた。そして、その中で行われていたことも、一部始終、目撃した。

この調子じゃ、きっと常習犯だ、きっと明日もやるに違いない。そう確信した私は、8ミリカメラを用意した。映画研究会の部屋に置いてあったじゃない、誰かが持ってきた、古い8ミリカメラとフィルム。一応映画研究会なんだから、形だけでもカメラはないと、とかいって。

それを持って、私は待機していた。二人が、衣裳部屋に入るのを。そして、まんまと二人はやってきた。私は、その様子を盗撮してやった。

はじめはね、そのフィルムを現像して、終業式のときに全校生徒の前で映写してやろうかとも思った。でも、さすがに、それはできなかった。

だったら、手記にしてどこかの週刊誌に送ってやろうか？　まさか、採用されることはあるまい、でも、誰かに読んでもらったら、それだけで満足。当時は、そんな軽い気持ちだった。王様の耳はロバの耳、あの心境だった。とにかく、みんなに言いふらしたい。

なんで、そんな意地悪なことを思ったのかというと、葉山さんのことが大嫌いだったから。中学校のときに同じクラスだったけど、葉山さんといると、自分の醜さが際立つようで、本当にいやだった。でも、出席番号が隣同士の私たちは、いつも並んでいることが多くて、その度に、比較されて傷ついていた。成績だって、それまでは私がクラスで一番だったのに、あの子が転校してきたおかげで、二番になった。しかも、私が好きだった男子まで、とられた。

でも、それも中学を卒業するまでの我慢。高校生になったら、葉山さんから解放される。そう思ったのに、同じ高校に進んでしまって、クラスまで一緒。クラス分けの紙が貼り出された入学式の日は、今も忘れない。私は深く、失望した。

でも、私の隣は、あの子じゃなくて、美弥だった。私は直感した。この子とは友だちになれる。息の長い友情を築けるって。実際、私たちは双子のように息が合い、価値観も同じで、好き嫌いも同じだったでしょう？　でも、美弥は、自分では気付いてなかったかもしれないけれど、葉山さんのことばかり見ていた。口では悪いことを言っても、あなたが葉山さんに誰よりも惹かれていたのは明らかだった。あなたが葉山さんの信奉者であることは、みんな分かっていた。

私は、それがなにより悔しかった。せっかくの親友を、また、葉山さんにとられる。

だから私は、葉山さんを排除したかった。それが、私の願いだった。なんて幼稚で歪んだ醜い願いなのかしらね。自分でもいやになる。あの頃の私を思い出すと、未だに吐き気がする。

だって、私の願いは、最も効果的な方法で叶ってしまったから。まさか、あの偽手記が採用されるなんてね。あの雑誌の編集部員は、とんだ間抜けだ。しかも、よりきわどい手記になるように、文章に手まで入れて。巴御前なんて、あの手記を見たとき、卒倒したらしいよ。だって、あの手記は、そこら辺のポルノ小説なんかよりも、刺激的だったものね。

でもね、本音を言うと、ちょっと自慢したい気持ちだった。だって、私が書いた文章がみんなに注目されて、私が書いた文章でみんなが右往左往している。それは、なんともいえない快感だった。

でも、現実は、そんなに単純じゃなかった。

まさか、あんな大事になるなんて。しかも、自殺者まで出してしまった。私はその重責に耐えられず、何度か自殺しようと考えた。私がときどき「死にたい」とつぶやいていたのは、なにも、鼻のせいじゃないのよ。

先日、精神科に行ったらね、アルコール依存症のほかに、うつ病の気がありますって言われた。仕事の疲れが原因ですね、とその医者は言ったけれど、違う。私の病は、あの、十六歳の頃からはじまっているの。

その病を癒すには、方法はひとつしかない。罪滅ぼしをすることよ、葉山さんに。

どんな方法で？

それは、葉山さん親子を苦しめているあのチンピラを排除すること。葉山さんは、たぶん、執行猶予はつかない。求刑をそのままくらうことになるわ。一、二年は刑務所の中。そうなれば、その間は、娘はあのチンピラの思うがまま。そんなこと、葉山さんが望んでいると思う？

葉山さんは、チンピラを殺し損ねて、後悔しているはず。裁判で何度も見せた涙は、後悔と絶望の涙よ。

だから私がやるの。葉山さんの願いを叶えるの。

それが、私の贖罪よ。

世間は、なんて馬鹿げたことをするんだと思うでしょうね。そんなことをしても贖罪にはならない、なんの意味もない、自己満足以外のなんでもないって。確かにそうよ。これは自己満足。でも、それでいいじゃない。私は、満足したいのよ、自分の人生に。

最後に、美弥。あなたにも謝らなくちゃ。あなた、葉山さんと話したことないでしょう？ それは、私が邪魔していたから。葉山さんに、「美弥はあなたのこと大嫌いだから。声も聞きたくないって」と、繰り返し言い含めてきたのよ。だから、葉山さんは、あなたを避けていた。葉山さんは、本当は、美弥の手作りのケーキを食べたかったのよ。美弥だって、葉山さんにケーキを上げたかったんでしょう？ でも、そんなことはさせない。

本当、今思えば、なんて幼稚なことかしらね。

でも、あのときは、そうしないではいられなかったぐらい、なにか切羽詰っていた。

わけのわからない焦燥感に駆られ、わけのわからない強迫観念に縛り付けられていた。

それは誰にでもあることだけれど、私の場合、ちょっと度が過ぎていたのね。だから、自分で自分の首を絞めることになった。

でも、これは、自業自得。だから、美弥は気にしないでね。

これから私がやることは、私自身のためにやることなのよ。私の中に積もった「ヘドロ」を洗い流すために、やることなの。

だから、美弥には関係ないことなの。

じゃ、そろそろ、行くね。あの男が、アパートに戻る時間だから。

私は、この手紙を投函したら、アパートに向かうわ。結果は、ニュースで確認して。

＋

終業を告げるグリーンスリーブスが流れる。

しかし、私はデスクを離れることなく、朋子からもらった手紙を、そっと広げた。

読み返すのは、これで、もう何度目だろうか。私は、それをお守りのように、肌身離さず持ち歩き、ことあるごとに読み返している。でなければ、朋子が本当にいなくなってしまいそうで。

「吉村さん」

声をかけられて、視線を上げると、そこには同僚の目黒さんが立っていた。

「お手紙ですか？」

「ええ。大切なお友達からの」

「遠くにいる人なんですか？」

「そう。とても遠くにいるの」

「早く、戻ってくればいいですね」

「そうね」

「じゃ、私は、これで」

「そういえば、明日から、イギリス？」

「はい。お休みの間、よろしくお願いします。お土産、買ってきますね」

「帰ってくるのは、いつ？」

「六月二十一日です」

卓上カレンダーを見ると、六月二十一日にはすでに印がついている。

あの子……葉山さんの、判決の日だ。

「なんの印ですか？」目黒さんの問いに、私は、

「チェリーパイを作る日よ」

と、答えた。

カンタベリー・テイルズ

カンタベリー大聖堂

カンタベリー物語の書ここに始まる。

四月がそのやさしきにわか雨を
三月の旱魃の根にまで滲みとおらせ、
樹液の管ひとつひとつをしっとりと
ひたし潤し花も綻びはじめるころ、……
人々はカンタベリーの大聖堂へ、……
お参りしようと旅に出る。

（「カンタベリー物語」チョーサー著より）

──どうして、こんなことになってしまったのか。

指を今いちどタオルで拭うと、真由美はスーツケースをロックした。

──すべて、あの女がいけないのだ。あの女が。

真由美は、もう何度もつぶやいたその言葉を、さらに繰り返した。

──あの女がいけないんだ。

意識が深い闇へと落ちていく。

しかし、遮光カーテンの隙間から差し込む光は柔らかく、それを一気に開けるとまったくの晴天で、真由美の頬にもほんのりと光がさす。

一方、サーモンピンクのスーツケースは暗がりの中、どんよりと沈み込んでいる。

これを買ったのはいつだったろうか。そうだ、初めての海外旅行のとき。はりきって、その店で一番高いものを買った。値段だけあって、それはいい働きをした。どんなに乱暴に扱っても、どんなに悪条件な場所でも、新品のままの風情を保ってくれていた。が、今回はどうだろうか？　心なしか、へたりこんでいるようにも見える。実際、今回のことで、随分と汚れてしまった。……血で汚れてしまった。拭いても拭いても、それは次から次へと滲み出てくる。

どうしよう。

真っ赤に染まったタオルを握り締めながら、真由美はベッドに座り込んだ。

どうしよう。

ベッドから、ガイドブックがずり落ちる。

一週間前に買った新品のはずなのに、まるで何年も経っているかのようにくたびれ果てている。拾い上げると、付箋の立っているページがぱさりと開いた。

「カンタベリー……」

1

ヴィクトリア駅。

カンタベリー東駅行きの電車は、出たばかりだった。次の電車まで、三十分とちょっと。落胆するほど長い待ち時間ではないが、ぼぉっと過すには少し長い。

「日本人ですか？」

駅構内のマクドナルド、コーヒーを飲んでいると日本語で話しかけられた。見ると、バッグをたすきがけにしたベリーショートの女がスナック菓子の袋を片手に、そこに立っていた。

「ええ、はい」私は、戸惑いながらも、答えた。

「ああ、よかった。もしかして、カンタベリーに？」

女は、テーブルの上のチケットを指差した。さきほど購入したカンタベリー東駅行きのチケットだ。

「ええ、はい。そうです」

答えると、女は、まるで旧友に再会したというような馴れ馴れしさで、私の近くに座った。

「よかったら、カンタベリーまでご一緒しませんか？　わたし、海外旅行は初めてな上に、海外の電車に乗るのも初めてなんです。ちょっと、不安で」

一緒に？　ちょっと、それは。とはいえ冷たくあしらうのもなんとなく躊躇われたので、私は言った。「お一人なんですか？」

「ええ。一人旅です」

初めての海外で一人旅？

「突然、旅に出たくなったんです」

女は、少女漫画のヒロインのように、ぺろりと舌を出した。

「……ふふふふ。実を言うと、失恋旅行。センチメンタルジャーニーってやつです。二ヵ月前に、彼に二股かけられていることが分かったんです。どっちを選ぶの？って迫ったら、あっさり振られちゃいました。まあ、あっちはわたしより若いですからね。やっぱり、若い子がいいんですよ、男なんて。若けりゃいいんです。まったくね。情けない話ですよ。悔しくて悔しくて、一週間は何も食べられなかった。……この髪もね、そのときに発作的に切っちゃったんです。今は少し伸びたけど、一時は坊主頭に近かったんですから」

「……はあ、そうなんですか」私の体は、自然と仰け反る。

「変かしら？　この髪型？」しかし、女の顔は、こちらに迫ってきた。

「いいえ、とてもお似合いですよ」

愛想笑いを浮かべながら、私は言った。それがいけなかったのか、女の顔が、ますますこちらに近寄ってくる。

「ありがとうございます。ふふふふ。実は、わたしもまんざらではないんです。案外、似合っちゃっているんで、びっくりしているんです」

「そ、そうですか」

「それでも、やっぱりむしゃくしゃは治まらなくて。これは心機一転、旅に出たほうがいいのかもしれないって思って、いろいろチラシを見ていたら、お手ごろなツアーを見つけたってわけです」

「ああ、なるほど、なるほど」

「あなたは？　あなたも一人旅ですか？」

「え？　私、ですか？　いいえ。連れがいるんですけど、……ちょっと喧嘩しちゃいまして」

「それで、一人でホテルを飛び出してきたんですか？」

「ええ、まあ。……そんなところです」

「ああ、分かります。旅先の喧嘩、よくありますよね。どんなに気心が知れた人でも、旅に出るとどうしてか、相手が百年の仇（かたき）のように思えてきてしまうんですよね。顔も見たくない、声も聞きたくない、とにかく、一センチでも遠く離れたい……って」

「ええ、まあ、そうですね。そんな感じです」

「場合によっては、殺意も抱きますよね」

「いや、さすがにそこまでは」

「もしかして、あなた——」と女は突然、体ごとこちらに乗り出してきた。顔がすぐそこまで迫っている。……若いと思ったけど、結構、歳はいっているようだ。髪にも白髪が混じっている。

女が、にやりと笑う。

「もしかして、あなた、ピースワールドツアーの参加者？」

「え？　ええ、はい。でも、なんで？」

「だって、そのボールペン」

女は、私のガイドブックを指差した。ガイドブックには、ピースワールド社からもらったボールペンがさしてある。

「……って、あなたも？」

「そうです。……お互い、ついてないですね」女は、またぺろりと舌を出した。

なるほど。この人もあのツアーの参加者だったのか。

『ロンドン自由気まま！　なんと8万円ぽっきりの8日間！』というコピーがついた激安ツアー。ホテルのクーポン券と航空券だけが用意されたこのツアーは、確か二十五人が定員だった。ということは、あと二十余人の哀れな仲間がこのイギリスの空の下、いるわけか。きっと、その二十余人は、不満を抑えるのにあれこれ心を砕いていることだろう。もしかしたら爆発してしまった人もいるかもしれない。なにしろ、酷いツアーだ。安かろう、悪かろう。飛行機は最悪だったし、ホテルも最悪だ。壁に穴は空いているわ、シャワーは熱湯か冷水しか出ないわ、排水口は詰まっているわ、テレビはつかないわ、部屋のドアの鍵は壊れているわ、ベッドには虫が這いずっているわ、朝食には髪の毛が入っているわ、スタッフはカタコトの英語しか話せないわ——。

他の参加者がどんなホテルに割り当てられたのかは知らないが、似たり寄ったりの酷さに違いない。

「あちらも日本人かしら?」

女は、斜め前のテーブルに座る男女の二人連れを視線で指しながら言った。

男のほうは深々とキャップをかぶり、女のほうはボブカット。どちらも三十前後といったところだろうか。

「ちょっと、訊いてきますね」

女は軽やかに体を翻すと、そのテーブルに駆け寄った。そして、数分後に戻ってくると、言った。

「やっぱり、日本人でした。しかも、私たちと同じツアーみたいですよ。ピースワールド社。これから、カンタベリーに行くんですって」

ボブカットの女がこちらを見た。その顔はほどよく焼けて、血色のいい頬はピンク色だ。キャップの男もこちらを見た。その顔は青白く、唇には色がない。悪戯が見つかった子供のように頬が強張っている。

「ね、わたしたち、ご一緒しませんか？　カンタベリーまで」ベリーショートの女が言った。

「え……？」面倒な展開になった。人間嫌いでも孤独好きでも人見知りが激しいわけでもないが、どちらかといえば人とは適度な距離を置きたい。特に、初対面の相手とは。

「向うのお二人も、ご一緒しましょって」

ボブカットの女とキャップの男が、あちらのテーブルからこちらを窺っている。

そして、「ねえ、ご一緒しましょ」としつこいベリーショートの女。遠慮しておきます。そうはっきり言えないのが、私の欠点だ。でも。

……まあ、目的のある旅でもない。旅は道連れ、とも言うし。それに、やはり、異国での一人旅は心細い。同じ言葉を話す仲間がいれば、なにかと心強い。

私は少し躊躇ったあと、こくりと頷いた。

2

「カンタベリーといえば、やはり、チョーサーね」

アキモトさんは言った。二人連れのボブカットの女性で、私たちはさきほど自己紹介をしたところだった。

　電車がぎしぎしと軋みながら、ゆっくりと発車する。

「チョーサー？　なんですか？　それ。食べ物ですか？」

カワイさんが、スナック菓子を頬張りながらきょとんと小首を傾げる。私に声をかけてきたベリーショートの女だ。

「食べ物じゃないわよ」あからさまに鼻で笑いながら、アキモトさん。「『カンタベリー物語』という小説を書いた人。この小説、文学史上に輝く大傑作です」そして、まるで自分の作品を自慢するかのように、小鼻を膨らませた。

「カンタベリー物語？　聞いたことあるような、ないような」カワイさんが、半笑いで応える。「『アーサー王物語』なら知っているんですけれど。やっぱり、騎士物語ですか？　精霊とか英雄とかドラゴンとか出てくる？」

「だから、違うわよ」アキモトさんが口の端だけで笑う。「枠物語（フレームストーリー）。つまり、短編集のようなもの」

「へー、そうなんですか。短編集。……あ、本当だ。『カンタベリー物語』で有名だって、ちゃんと書いてある！」

ガイドブックを見ながら、カワイさんは声を上げた。「へー、知りませんでした。

チョーサーか。ひとつ、勉強になりました」

「で、メグロさんは？」アキモトさんが、私の名前を呼んだ。「なぜ、カンタベリーに？」

「え？」なぜって言われても。特に目的はない。ただ。「カンタベリー大聖堂は見ておこうかなぁ、と思いまして。せっかくイギリスに来たんだから、やっぱり、世界遺産は押さえておかないと……」

「……カンタベリー大聖堂は……、……です」

スズキさんが、ぼそりと言った。スズキさんはアキモトさんの連れで、彼女の婚約者だという。

「カンタベリー……は……なんです」

スズキさんは繰り返し言ったが、それは独り言なのか、ほとんど聞き取れなかった。聞き返そうかと思ったが、やめた。口元が無闇にニヤついていて、なにか苦手なタイプだ。数珠（じゅず）のようなブレスレットまでしている。男のアクセサリーは、どうしても違和感がある。

「カンタベリー大聖堂は、パワースポットでもあるのよ」アキモトさんが、スズキさんの言葉をフォローするように言った。

「パワースポット？　イギリスにもあるんですか？」

私が問うと、アキモトさんは、やはり小鼻を膨らませながら言った。

「パワースポットはなにも、日本だけのものじゃないから。世界中にあるの。そもそも、イギリスはスピリチュアリズムの聖地、パワースポットは多いのよ」

「ああ、そうなんですか。パワースポットというと、神社っていうイメージがあって――」

「へー、そうなんですか。パワースポットなんですか！」

カワイさんが、言葉を挟んだ。「それはますます、興味ありますね！　わたし、今、パワー不足なんです。たっぷりとパワーをもらわなくちゃ！」

しかし、そのあとは、静寂が続いた。スズキさんはブレスレットをしきりにいじり、アキモトさんはガイドブックをパラパラめくりはじめ、カワイさんはスナック菓子をひたすら頬張る。

かりかりかりかりかり。かりかりかりかり。

かりかりかりかりかり。かりかりかりかり。

スナック菓子を噛み砕く歯軋りのような音。ひどく耳障りだ。アキモトさんがあからさまに顔をしかめ、スズキさんがあちこちに視線を飛ばす。空気が重たい。耐えられない。私は、こういうのが酷く、苦手なのだ。

「あ、カンタベリー物語といえば……」私が言うと、「なんですか？　メグロさん」

と、教師のような口調で、アキモトさんがこちらを見た。

「旅籠(はたご)で知り合った巡礼者たちが持ちネタを披露しあって、競うんですよね？　どのネタが一番おもしろいか」

「ネタって」アキモトさんが、右の眉毛をひょいと上げた。「お笑いじゃないいんだから」

「あ、すみません、喩えが悪くて――」

「あ、本当だ。旅籠で一緒になった二十九人が、その道中、ひとりずつとっておきのおもしろい話を披露し合う……って書いてある！」

カワイさんが、ガイドブックを読み上げる。「そして一番おもしろい話をした人の旅籠代をみんなで支払うというルールのもと、旅がはじまる……と。あ、旅の出発は、四月十七日ですって！　今日は六月十七日じゃないですか！　月は違いますけど、同じ日ですよ。へー、へー、これは奇遇ですねー。……カンタベリー物語、どうですか、わたしたちも、やってみませんか？」

「え？」

三人の声が重なった。

「つまり、ここで、自分のとっておきの話を披露するんです。で、どの話が一番おもしろかったか、最後に投票して……」

「最後に投票して？」スズキさんが、ブレスレットを忙しなくさすり出した。相変わらず、顔色が悪い。

「あ、それ、おもしろそう」

が、恋人のアキモトさんは話に乗ってきた。「目的の駅まで一時間四十分もあるんだもの。いい暇つぶしになるわ。でも、それだけじゃおもしろくないから。……、あ、そうそう。投票の結果、最下位だった人は、なにか罰ゲームをやるというのはどうかしら？」

「罰ゲーム？」スズキさんが、おずおずと質問する。「どんな罰ゲーム？」

「そうね。みんなにジュースを奢（おご）るとか」

「どうせなら――」口を挟んだのはカワイさんだった。「せっかくカンタベリーに行くんだから、カンタベリー大聖堂の入場料をみんなの分負担する、というのはどうでしょう？」

え？　入場料？　いくらするんだろう？　私は、膝の上のガイドブックをそっとのぞき込んでみた。

……結構する。一人でこの値段だから……全員となると……。計算している間にも、「そうね、それでいいわ」「うん、それでいいよ」と、話はさくさくっとまとまってしまった。

「メグロさんも、いいですよね？」

ここまで来たら、同意するしかない。「ええ、はい。……まあ、いいと思います」

私は答えた。まったく、どうして私はこうも流されてしまうのだろう。でも。……要するに、ビリにならなければいいのだ。ビリにならなければ、逆にお金が浮くのだ。これは、前向きに考えたほうがいい。

「じゃ、誰からはじめます？」

アキモトさんの言葉に、一同が互いの顔を見交わした。

天井に届くかというような大柄の車掌が通り過ぎる。私たちは息を潜めて、彼の動きを見守る。

車掌がいなくなると、「あ、じゃ、わたしから、いいですか？」と、カワイさんが手を挙げた。「やっぱり、言いだしっぺのわたしからはじめないといけませんよね」

カワイさんは、バッグからもうひとつスナック菓子を取り出した。今度はチョコレート菓子だ。

「まあ、大した話じゃないんですけど」

カワイさんはスナック菓子の封を開けながら、にやりと笑った。チョコレートとバナナの匂いがむわっと立ち込める。

「わたしが小さいときに体験した、ちょっと不思議な話です」

カワイさんはそう言うと、声の調子を落として話をはじめた。

+

わたしが小学校四年生の頃の話です。

地方から父方の親戚が突然上京することになりました。当時、わたしたち家族は東京郊外に住んでいまして、東京見物の案内をすることになったんです。

「今度の日曜日、はとバスに乗るわよ」

母に言われて、わたしは小躍りして喜びました。住所は一応「東京都」ですが、わたしたちが住んでいたところはとても田舎で、いわゆる「東京」にはそうそう行く機会はありませんでした。ですから、東京タワーなんかにも行ったことがなかったんです。

「東京タワーには行く？」

問うと、「たぶんね」と母はぶっきら棒に答えました。

「やった！　東京タワー！」

東京見物の前日は、ほとんど眠れませんでした。ポシェットの中味を何度も確認したり、着て行く服を何度も選びなおしたり。

「何時だと思っているの？　煩いわね！」

襖ががらりと開いて、母のとびきり痛いゲンコツが飛んできました。

「早く寝ないと、明日、留守番させるよ！」

母はどういうわけか、とても不機嫌でした。「東京」なんか行きたくないといわんばかりでした。でも、わたしにとっては、なにより嬉しい「東京」。だって、もしかしたら芸能人に会えるかもしれないのです。そう思ったら心臓のどきどきで眠ってなんかいられません。何度も起きては、ポシェットの中味を確認したり、着ていく服を広げたり。そして、とうとう、朝を迎えてしまいました。

当日は、七時過ぎに家を出ました。

結局徹夜してしまったわたしのテンションは異様に高く、頭はかっかとほてり、くしゃみが出るほど絶好調でした。アニメの主題歌を口ずさんだり、ゆらゆら体を揺らしたり、行きの電車の中でもまったく落ち着きがありませんでした。それも仕方ありません。わたしたちが向かっていたのは新宿で、新宿といえばスタジオアルタ。芸能人に会えるかもしれない！　考えただけで体は勝手に動き、歌だって飛び出します。るるるるるん……。なのに、父も母も浮かない顔です。母は仏頂面、父は苦い表情でガムを噛んでいます。

普段から仲のいい夫婦ではありませんでしたが、この日は輪をかけて、他人行儀な二人でした。目も合わさず、ただひたすら、目的地に向かいます。

新宿に着くと、二人はまるで他人でした。母は一人ぐいぐいと前に進み、父がその後ろをのそのそとついていきます。

そして、新宿東口。

父も母もそれまでの表情が嘘のように満開の笑顔になり、「お、久しぶりだな！　元気そうじゃないか」「本当に、お元気そうでなによりですわ」などと、声を作って、その二人に近づいていきました。

「今日はよろしくお願いします」

二人のうち、女性のほうがまず、ぺこりと頭を下げました。男性のほうも、それを追うように頭を下げます。女性はE美さんといい、父の遠い親戚だということでした。男性はT彦さんといい、E美さんの婚約者。二人がどうして東京見物にくることになったのかは未だによく分からないままですが、いずれにしても、最低最悪の東京見物の幕が切って落とされたのです。

はとバスは、迎賓館、国会議事堂、皇居など、御馴染みの観光スポットを巡りながら、十一時近く、ようやく東京タワーに到着しました。念願の東京タワーです。

「東京タワー、東京タワー！　すごい！　すごい！」

東京タワーでは一時間ほどの自由時間があり、「どうしましょうか?」などと大人たちがお互いの顔を見合わせ、そして誰が提案したのか、「じゃ、蠟人形でも見ましょうか?」ということになり、東京タワー内にある蠟人形館に入ることになりました。

展望台に行きたかったわたしは、がっくりと肩を落としました。足取りも自然と重くなります。「ね、展望台には行く?」母に訊いてみるも、返事もくれません。父も無表情。T彦さんもE美さんも、無言で足を進めるだけです。……いったい、誰が蠟人形なんか見たいのだろうか? そんなことを思いながら、わたしは大人たちについていきました。

蠟人形館の入り口は、なにかおどろおどろしく、まるでお化け屋敷でした。中に入ってみると、ますますお化け屋敷。しかも、チープなお化け屋敷。マリリン・モンロー、ビートルズ、ガンジー、モナ・リザ、フランケンシュタイン……、古今東西の有名人を集めているということですが、どれもこれも微妙な作りです。なのに、父だけは、「リッチー、リッチー・ブラックモアがいるよ! はははは」「フランク・ザッパ? ザッパまでいるよ! 随分、マニアックだなー。はははははは」「おい、ジミー・ペイジだよ、ジミーだよ! なんだよ。この胸毛? はははははは」と、嬉しそうです。でも、「このジミヘンは、ヘンだろう」という駄洒落が飛び出したときは、もう堪忍ならぬとばかりに母のきつい言葉が飛び出しました。

「馬鹿みたい」

　私も母と同感でした。馬鹿みたいです。ひとつもおもしろくありません。どれもこれも、同じ顔に見えます。「ったく、子供だましにも程がある」と生意気にも思っていたところに、いきなりの「拷問」コーナー。その並外れたド迫力とリアルさに、わたしの下半身はぷるぷると震えだしました。あまりの恐ろしさに、足が硬直します。「見て、見て、これ、気持ち悪いわねー」声を上げたのは、E美さん。E美さんはそれからも「うわー」とか「いやだ、ひどい」とか言いながら、明らかに喜んでいる様子でした。T彦さんも「ほんとだ、痛そうだな、この拷問」などと、相槌を打っています。父と母も、「昔はひどいことしたんだなー」「ええ、そうよ。悪いことした人には、それなりの罰を与えないと」などと、会話が弾んでいます。一方、わたしだけはきゅっと目を閉じて、母のスカートを握り締めていました。

「早く、こんなところ、出たい、早く、こんなところ、出たい」そんなことを呪文のようにつぶやきながら、目を閉じたまま、まるでコバンザメのように母のスカートにぴったりとひっついて、重たい足を前へ前へと進めたのでした。

　どのぐらい歩いたでしょう。瞼越しに眩いばかりの照明が差し、「拷問」コーナーはもう終ったのだとほっと体の力を抜こうとしたところで、向こう側から母の声がしました。

え？

え？

と、目を開けると、母はずっと前を歩いています。

横を見ると、誰もいません。「最後の晩餐」の様子を再現した蠟人形たちが、じっとこちらを見ているだけです。

え？　でも、わたし、確かにお母さんのスカートを握り締めていて……。その右手を見てみると、汗でびっしょりと濡れています。

え？　なんで？　なんで？　と混乱している間も、母たちはずんずんと歩いていきます。わたしは慌てて母たちに駆け寄りました。

そんなこんなで自由時間は終わり、わたしたちは展望台に上ることなく、再びバスに乗り込みました。

もう、本当にがっかりです。一番の楽しみが、あのおどろおどろしい拷問コーナーに取って代わられたのかと思うと、悔しくて、馬鹿馬鹿しくて。なのに、バスガイドは陽気に歌をうたい、乗客席からは手拍子。隣の席に座っていた母も小さく調子をとります。が、わたしにはそんな気力はまったくありませんでした。朝までのハイテンションが嘘のように、わたしはぐったりとシートに体を沈めました。なにか、むかむかします。胃から何かがせりあがる感じです。どうやら、車酔いのようです。我慢しなくちゃ、我慢しなくちゃ。もうすぐで次の目的地だから。我慢しなくちゃ、我慢しなくちゃ。

そして午後一時過ぎ、バスは港に到着しました。そこに停泊している船の中で昼食を取るということです。わたしは嫌な予感に体を震わせました。停泊しているとはいえ、きっと船の中はバスより揺れているはずです。だって、波が、あんなに白くなっている。

案の定、レストランのテーブルに着席したとたん船体がぐらりと大きく揺れました。灰皿がテーブルの上を軽快に滑っていきます。わたしは、咄嗟に目の前の幕の内弁当を押さえました。

おえっ。

その瞬間、朝食べたトーストと卵焼きが、喉の辺りまで上ってきました。

おえっ、おえっ。

もう、駄目です、我慢できません。「ちょっと外に行ってくる」と言い残すと、わたしは、急いでそこから避難しました。胃が風船にように膨らみ、とてもモノを食べられる状態ではありません。

わたしは一人、デッキにやってきました。

父も母も、ついてきてくれません。なんて冷たい親だろうと思うかもしれませんが、あれはあれで、最良の選択だったのでしょう。なにしろ両親はこの東京見物の案内役、それに水を差すわけにはいかなかったのです。

海からは心地よい風。しばらくすると酔いは治まりました。レストランに戻ろうとしたとき、デッキの隅のほうからなにやら楽しげな声が聞こえてきました。

「いやだー」「信じられないー」などといった、楽しげな声です。見てみると、そこにはゲームマシーンが数台置いてあり、若い女性が数人、ひとつのマシーンを取り囲んでいます。女性の会話から、そのマシーンが「結婚占い機」だということが分かりました。生年月日と性別を打ち込むと、瞬時に将来の結婚相手が写真で表示されるとのことでした。

将来の結婚相手？　わたしは、どぎまぎしながら身を乗り出しました。将来の夢はお嫁さんなどと能天気に口にしていたまだまだ純朴な子供です。どんな素敵な人がわたしの旦那様になるのだろうか、わたしはせいいっぱい背伸びをして、そのマシーンを覗き込みました。

気が付くと、女性たちはもうそこにはおらず、わたしだけが一人、マシーンをまじまじと眺めていました。やってみたい、やってみたい、でも、お金がない。

「それ、やりたいの？」

後ろから女性の声がして、と、同時に手が伸びてきて、マシーンに百円玉を入れてくれました。E美さん？　お礼を言わなくちゃ、と思いながらもわたしはマシーンに夢中でした。生年月日、性別と打ち込んで、スタートボタンを押します。

しばらくすると、マシーン正面の小さなモニターに、白黒の写真が表示されました。

…………。表示されたその姿は、お世辞にも「素敵」とは言いがたい、どちらかと言えば「素敵」からはほど遠い容姿でした。七三に分けた薄い髪、細い目に黒縁眼鏡、そしておちょぼ口。

こ、これが、未来の旦那様？

立ち尽くしていると、後ろから複数の声。

振り返ると、母と父とT彦さんがこちらに歩いてきます。……E美さんもいます。え？　わたしは、横を見てみました。ついさっきまで気配があったのに、もう誰もいません。

「なに？　結婚占い？」母が、マシーンのモニターを覗き込みました。「やだ、なに、これ！」そして、げらげらと笑い出しました。父もT彦さんもE美さんも笑い出します。「もう、失礼しちゃうなー」大人に受けたことが嬉しくて、わたしもみんなと一緒に笑いました。そうだ、E美さんにお礼を言っておかなくちゃ。が、E美さんは今はじめてここに来たというような表情を崩しません。

え？　じゃ、誰が？

いったい、誰が？

そうこうしているうちに、マシーンの周りには再び人が集まってきました。何人かがトライして、そのたびに「うっそー、信じられないー」という声が上がります。

そんな中、何を思ったのか母が百円玉をマシーンに投入しました。そして、「あなたのこと、占ってあげるわよ」などと言い出して、父の生年月日を打ち込みました。「どんな人が表示されるかしらね、楽しみね」と、はしゃぎ気味でスタートボタンを押します。母のその笑顔がなにか恐ろしく、わたしは「お母さんの顔が表示されますように、お母さんの顔が表示されますように」と、祈りました。が、表示されたその女性は、母とは似ても似つかない、丸顔のぽっちゃり系。

「……E美ちゃんに、似ているね」そう言ったのは、T彦さんでした。空気がぴーんと張り詰めます。

「やだ、何言っているのよ、全然似てないわよ」E美さんが、慌てて口を挟みました。

「……そ、そうだよ、全然、似てないよ」父も、慌てて全否定しました。

が、その丸顔のぽっちゃり系、二人がどんなに否定しても、E美さんにそっくりです。

「でも、よかったじゃない」母が不気味な笑みを浮かべながら、静かにつぶやきます。「あなた、こういう女性、タイプじゃない」

「もう、やめてくださいよ。こんなの、ただのインチキ占いじゃないですか？」

E美さんが吐き捨てました。そうです。ただのインチキマシーン、ただのお遊びです。こんなのを真に受けてはいけません。でも、お遊びは、しばしば、人になにかしらの動揺を植えつけるものなのです。


午後二時、バスは次の目的地に向かって走り出しました。

が、乗客席のテンションは低く、昼食を食べた後だということもあってか、あちこちから鼾（いびき）が聞こえてきます。弛（ゆる）んだ糸のようにだらりとした時間が流れる中、わたしの周辺だけが、相変わらずぴーんと張り詰めています。

「私、分かってんだからね」母がそんな謎めいた言葉を吐き、「だから、それは誤解だって」と父が弁解し、「あの写真、E美ちゃんに似ていたよな……」とT彦さんがしつこくつぶやき、「あなたのそういうところが嫌いなのよ」とE美さんがため息をつきます。

一方、わたしは空腹と戦っていました。昼食をとっていないことが今になって響いてきたのです。お腹が空いたと訴えたくても、こんな空気ではとても言えません。

なんだか無性に情けない気分になって、窓ガラスに額をくっつけていますと、誰かと目が合った気がしました。え？　どこを走っているのか、そこは車の多い道路で、眼下をびゅんびゅんと車が行き交っています。こんな場所で、誰と目が合うというのでしょう？　気のせいかと視線を車内に戻そうとしたときでした。車窓いっぱいに、女の人の顔が！

「ぎょえっ」

わたしは奇声を上げました。が、誰も気にしてくれません。父と母は相変わらず、わけの分からないことを言い合っています。

「女の人が、女の人が、窓に、窓に、女の人が、窓にはりついている」

わたしがいくら言っても、「なに寝惚けているの？　ただの錯覚でしょう？」といわんばかりの無関心。

錯覚？　確かに、そうかもしれません。……そうです。錯覚です。錯覚に違いありません。わたしは、そろそろと、窓を見やりました。車窓の外は都会の街並み、東京タワーがあちら側に小さく見えます。……なんだ。やっぱり錯覚か。ほっと力を抜くと、

「トイレに行きたい」

と、どこからか、そんな声が聞こえてきました。後ろに座っている小さな男の子でした。

「トイレ、トイレ、トイレ行きたい」「もう少しだから、我慢なさい」「我慢できない！　トイレ、トイレ、トイレ！」

トイレなんかちっとも行きたくなかったのに、トイレ、トイレと連呼するものだから、なんだかわたしまで行きたくなりました。

トイレ、トイレ。……トイレに行きたい。

頭の中はいつのまにか「トイレ」という単語でいっぱいになり、体が自然と右に左に捩れていきます。あとどのぐらいだろう？　あと、どのぐらいで、次の目的地だろう？

バスがスピードを落とします。着いたか？　と思ったら、ただの信号待ち。と、そのとき、車窓にすーっと影が過ぎりました。

「ぎょえっ！」

わたしは再び、叫びました。

が、恐怖はすぐに去りました。バスが横に止まっていて、その中の様子がこちらの車窓に映っているだけでした。

なんだ。……じゃ、さっきの女の人の顔は、隣のバスの乗客だったのか。

ほっと安心したのもつかの間、反動で尿意がすぐそこまでやってきました。もう、決壊間近です。両脚をぴたりと密着させ、両拳に力を込め、体中の我慢を股間に集中させました。

我慢、我慢、我慢、我慢……。

そしてバスは、ようやく最後の目的地、浅草に到着しました。

バスから降りると、わたしは真っ先に叫びました。

「トイレ！ トイレ行ってくるから、待ってて！」

叫びながら、近くの公衆トイレに駆け込みました。

そして、放水。あのときの解放感と快感は今も忘れられません。目の前がきらきらと輝き、花が舞い、気が遠くなるほどでした。わたしはうっとりと、その余韻を楽しみました。

……とにかく、最悪の事態にならなくて、よかった。はあ……。これで、もう大丈夫、あとは浅草を思う存分楽しもう。なにか食べ物も買ってもらおう。もう、お腹ぺこぺこ。

が、トイレを出ると、父も母もいませんでした。それどころか、その風景は浅草だとはとても思えない、郊外の商店街。そう、わたしの地元の風景、M駅前だったのです。

　え？　なんで？　なんでわたし、帰っているの？

　混乱したわたしは、とりあえず泣いてみました。もうそうするしかなかったのです。小さな子供にできることといったら、泣くことしかありません。

「どうしたの？」

　交番から若いおまわりさんが飛び出してきて、あれやこれやと、言葉をかけてきます。

「お名前は？　住所は？」

「違うんです、違うんです、わたし、迷子なんかじゃないんです。違うんです」

　わたしは訴えました。「わたし、さっきまで、浅草にいたんです！」

「浅草？」

「はい。はとバスに乗っていたんです。で、東京タワーに行って、蠟人形館に入って、船の中で将来の結婚相手を占って、浅草に行って、トイレに行って、そして、そして……」

　わたしがあまりに激しくまくし立てるものですから、おまわりさんはすっかり困惑し、もう一人の年配のおまわりさんを連れてきました。

「で、お嬢さん、お名前は？」

「だから、わたし、迷子なんかじゃありません！」

結局、わたしの主張はまったく聞き入れてもらえず、わたしは名前と住所と電話番号を白状させられました。年配のおまわりさんが家に電話を入れます。が、誰も出ません。おまわりさんは「まいったな……」とあからさまに舌打ちします。そりゃそうです。父も母も、今頃は浅草です。留守番電話に切り替わると、迎えにくるまで交番で預かっているという旨のメッセージを残し、おまわりさんは受話器をおきました。

「心配ないからね。大丈夫だよ。親御さんは必ず、迎えに来るからね」

だから、わたしは迷子でも捨て子でもありませんてば！

それから二時間ほどして、おまわりさんが取ってくれた店屋物を食べていると、母と父が血相を変えて交番にやってきました。

「いやだ、この子ったら、いったい、どういうこと？」母が、私の肩をがしがしと揺さぶります。

「すみません、ご迷惑をおかけしました」そして、父がおまわりさんに向かって、深々と頭を下げます。

「いいえ、いいんですよ」うんうんと偉そうに、腕を組みながら年配のおまわりさん。

「でも、なんで、娘は交番なんかに？」母が問うと、

「駅前で、わんわん泣いていたんです」と、年配のおまわりさんの真似をして腕を組みながら、若いおまわりさん。

「駅前で？」

「話を聞くと、なんでも今まで浅草にいたのに、トイレから出てきたら、ここに戻っていたと」

「浅草？」

「ところで、ご両親は、今までどこに？」

「親戚の東京見物の付き合いで、はとバス観光に……」

「それに、娘さんも参加したんですか？」

「いえ、娘は留守番させていました」

え？　留守番？　ここでわたしの頭は再び混乱し、ついには意識が真っ白になってしまったのでした。

目覚めると、いつもの天井。家に戻ってきたのです。襖の向こうから、父と母の話し声が聞こえてきます。

「まったく、変な夢でも見たのかしら？」

「一種の夢遊病かもしれないな。夢と現実がごっちゃになるっていうのは、あの年頃にはよくあるものだ」

父と母が、そんなことを話しています。

「夢じゃないもん！」

わたしは、襖をがらりと開けました。

「わたし、はとバスに乗ったもん！　東京タワーに行って、蠟人形館に行って、リッチーとかザッパとかジミヘンとかいう人の蠟人形があって、拷問コーナーがあって、そのあと船の中で結婚占いをして、お父さんの結婚相手を占ったら、E美さんそっくりの人が出てきて……」

父と母の顔色が、見る見る青ざめていきます。

「いやだ、なんでこの子、こんなに詳しく知っているの？」

「偶然だよ、偶然」

言いながら、父は紙袋の中から写真を取り出しました。それは観光記念の集合写真でした。

「ほら、よく見てみろ、ここにおまえはいないだろう？」

集合写真は、浅草寺(せんそうじ)雷門(かみなりもん)の前で撮られたものでした。

「な、いないだろう？」

そりゃそうです。この集合写真を撮る前に、わたしはトイレに駆け込んで、そして……。

「ひぃ！」

写真にその顔を見つけたわたしは、声を上げました。この顔、この顔、車窓に映り込んでいた、あの女の人！

「なんだ、どうした？」

「この人、この人」その顔を指差すと、今度は、父が「うっ」と声を上げました。母も「ぎょえっ」と奇妙な声を上げ、ぷるぷると震えだし、ついには頭を抱え込んで団子虫のように固まってしまいました。

大人とは思えない驚き振りでしたが、それも仕方のないことでした。なにしろその女の人は椿柄の着物を着て、父と母の間に浮かんでいたのですから。

……あとで知ったことなのですが、その女の人は、父が懇意にしていた熱海の芸者にそっくりだということでした。〝初音〟という名前の芸者です。その芸者と父は不倫の関係にあり、後に彼女は失踪します。それが原因で両親は離婚してしまうのですが、しかし不思議なのは、その日、その芸者は一日中家にいたそうです。ですから、浅草になんかいるはずもないのです。が、……写真にはしっかりと写っていました。父も母もそのことについては未だに口を閉ざしたままですが、わたしは密かにこう思っています。あれは、初音という芸者の生霊（いきりょう）だったんじゃないかと。

この日、父は彼女と会う予定だったと、後に白状しています。それが土壇場でキャンセルとなり、彼女の恨みを買ってしまったのではないか。そして、無意識のうちに、彼女は生霊を飛ばしてしまったんではないか。

……それにしても、気になるのは、初音という芸者の行方です。わたしの記憶だと、その東京見物の夜、頻繁に電話がかかってきていました。母が出ると無言で切れたそうです。間違いなく、その芸者からでしょう。そして、父はその深夜、こっそりとどこかに出かけていきました。静寂の中、車のエンジン音が聞こえたことを、今でもしっかり覚えています。……父は、その女に会いに行ったのかもしれません。そして——。

いずれにしても、まったくもって、最低最悪の東京見物でした。余談ですが、T彦さんとE美さんは、それからすぐに別れたといいます。なんでも、E美さんにはもう一人恋人がおり、それがバレて破談になったそうです。

3

「東京タワーの蠟人形館、私たちも行ったことあるわよね」

アキモトさんが、スズキさんの体にそれとなく触れる。

「う、うん、……行ったね」スズキさんが、例の薄ら笑いを浮かべる。

「拷問コーナー、あれは確かに迫力あったわ」

「う、うん、……そうだったね」

いやいや、カワイさんの話の焦点は「蠟人形館」ではないでしょう。

「……で、カワイさんは、どうして？　どうして、留守番していたのに、東京見物に？」私は一番気になることを訊いた。

「え？　なんででしょうかね？　ふふふふふ」

カワイさんは、スナック菓子の中味を覗き込みながら、答えた。「そうそう、後日談があるんです。東京見物から二週間後ぐらいに、バスの中で一緒だったって人から写真が送られてきたんですよ。うちの両親が写っているからって。その写真は船のデッキで撮られたもので。……で、両親の後ろに『結婚占い機』が写りこんでいたんですけどね。よくよく見ると、小さい子供と女の人が立っていたそうです。写真を見た父はすぐに破り捨ててしまったんですが、女の人というのは、たぶん、父の不倫相手だったんでしょうね。ふふふふふ」

カワイさんは、三袋目のスナック菓子をバッグから引きずり出した。

「じゃ……、その不倫相手の生霊？」

「たぶん」

「じゃ……、子供というのは？」

「ふふふふ。たぶん、わたしでしょうね」

「じゃ……」

「そう、わたしも生霊を飛ばしたんでしょうね。だって、はとバスに乗れるとあんなに楽しみにしていたのに、その朝、くしゃみをしてしまったばかりに、『風邪気味みたいだから、今日は留守番していなさい』と、置き去りにされたんですから。ふふふふふ。わたし、意外と執念深いんですよ」

言いながら、カワイさんは袋の封を勢いよく破った。チーズとオニオンの匂いとともに、中味が飛び散る。そのひとつがスズキさんの股間にちょこんと載った。カワイさんはなんの躊躇いもなしにそれを摘み上げると、口に放り込んだ。

アキモトさんの右眉がひょいっと上がる。

「でも、なんだか信じられない話よね？　それ、単に、夢を見ていただけじゃない？」

アキモトさんは、スズキさんの股間に散らばった菓子のカスを払いながら、尖った口調で言った。「夢に決まっているじゃない」

なに、この空気。

まずい。この空気は、ひどくまずい。

「生霊ですか！」私は、大袈裟に不思議がってみせた。「いやだ、なんか、怖いですねー。っていうか、今、私たちの目の前にいるカワイさんは、実体ですよね？」

「ふふふ……。そうですね、もしかして、生霊かも？」

「いやだぁー、やめてくださいよぉ」私は、これまた大袈裟に身を捩ってみせた。

「私、そういう話、駄目なんですよぉ」

咳払いが聞こえた。アキモトさんだ。

「次は？　次は誰が話します？」

アキモトさんがこちらを見た。アキモトさんの右眉は、相変わらずひょいっと上がっている。私は身構えた。

「じゃ、私が話そうかな」

アキモトさんがそう言ったので、私はほっと、肩の力を抜いた。

「とっておきの話があるのよ。でも、今までなかなか話す機会がなくて」

言いながら、アキモトさんは恋人のスズキさんの顔をちらりと見た。

車窓の外は、見渡すばかりの緑の丘。羊たちがのんびりと草を食んでいる。

アキモトさんもそれに合わせるように、少し間延びした調子で話をはじめた。

最近は、仮想恋愛というのが盛んなようです。

例えば、ネットで知り合って、顔を見ないまま友情を育み、ついには恋愛に発展する。

が、問題もあります。互いに互いを理想化し、妄想が妄想を呼び、恐ろしいほどに現実から乖離した結果、とんでもない悲劇に発展する。

中国でこんな事件がありました。

ネット上の恋人に実際会って失望した十七歳の少年が、首をつって自殺するという事件です。理想の彼女、が、実際には十歳も年上の地味な女性で、少年を大いに失望させました。だからといって死ぬこともなかろうと思う人もいるかもしれませんが、妄想に取り憑かれているとこういう悲劇も起こるものです。ただ、私が気になるのは、少年自身はその彼女を失望させることはなかったのでしょうか？　もしかしたら、その女性も同じくらい失望したのかもしれません。ま、女性に関してはニュースはなにも伝えていませんので、推測の域を出ませんが。

一方、こんなこともありました。イギリスであった実話です。

ある朝、男性が目覚めると、ある携帯電話のメールアドレスが頭にこびりついていた。その前の夜、友人と夜遊びをしていた男性は、そのときに知り合った誰かのメールアドレスだろうと思い、メールを出してみることにしました。

「昨夜、僕は君と会いましたか？」

メールを受け取った女性にはまったく身に覚えがありません。両親に話してみると、

「恐ろしい殺人鬼かもしれないから、返事をするのはやめなさい」

と、警告されました。が、女性は運命的なものを感じ、警戒しながらも返信しました。それがきっかけでメール交換がはじまります。女性の両親は「彼は殺人鬼かもしれないから、気をつけなさい」と警告を続けますが、そんな心配をよそに二人は惹かれ合い、熱烈な恋愛を経てめでたく結婚します。

男性は言います。

「どうして彼女のメールアドレスが頭にこびりついていたのか、さっぱりわかりません」

このケースは、「夢で見たメールアドレスがきっかけで結婚」という見出しで全世界に配信されました。まさに、奇跡のメールアドレス。夢が連れてきた運命の恋人。

ですが、私にはどうも納得がいきません。

二人のうち、どちらかが嘘をついているとしたら？　どちらかが意図的に「運命」

を演出しているとしたら？

たとえば、「朝起きたら、あるメールアドレスが頭にこびりついていた」という男性の言葉を嘘だとしましょう。実は男性は女性のことをずっと前から知っており、メールアドレスをリサーチしていた。が、そのままメールを出したらストーカー扱いされる。だから「朝起きたら……」というような嘘、または演出を思いついた。

あるいは、女性が嘘をついているかもしれません。夜遊びしていた男性に一目惚れした女性は、男性にそれとなく自分のメールアドレスを教え込む。朝起きてそれを覚えていた男性は、しかし女性のことは覚えていない。「夢で見たメールアドレス」と信じている。女性は男性の言い分に付き合い、「運命の出会い」を演じ続けている。

このふたつの推測のうち、私は後者の可能性が強いと思っています。だって、そうじゃないですか。見知らぬ人からいきなりメールが来たら、誰だって、警戒します。女性の両親が言うように、「殺人鬼かもしれない」と思うのが普通です。そこまで思わなくても、「なにか事件に巻き込まれるかもしれない」「詐欺師かもしれない」と思うものです。なのに、彼女はメール交換まではじめてしまったのです。今回の場合はめでたしめでたしで終わりましたが、一歩間違えれば、陰惨な犯罪に繋がっていたかもしれないのです。

ええ、確かに、「偶然」という線もまったく否定できません。なにしろ、女性のメールアドレスと男性のメールアドレスはとても似ていて、少しだけ数字が違っていただけです。なにかの拍子に自分の数字が他のものと入れ替わり、それが頭の中に残ってしまう、ということもあるかもしれません。しかし、その場合であっても、決して「運命の偶然」なんかではありません。日常にありふれた単純な事象に過ぎないのです。

繰り返しますが運命の偶然なんていうのは存在しません。あるのは、作られた偶然、意図された偶然。結果には、すべて原因がある。

だからといって、なんでもかんでも「これは意図的なものだ」「陰で誰かが糸を引いている」などと疑うのは味気ないものですし、なにより、そんな懐疑的な考えが定着してしまうと、とんでもない不幸を呼び寄せてしまうものです。

私の兄が、まさにそうでした。

兄は、優秀な人物でした。

頭が良くて優しくて真面目で物腰柔らかな、誰からも愛される好青年でした。欠点があるとすれば、少々人がよすぎた点です。お人よしが仇(あだ)となって裏切られた友情は、一つや二つでは済みません。家族に隠れてこっそり泣いている兄を、私はたびたび見かけました。しかし兄は、私たちの前では常に笑顔、明るい表情を絶やすことはありませんでした。

私が大学に入った年、兄は恋人を家に連れてきました。兄は彼女にベタ惚れで、「運命の人だ、運命の人だ」と、何度も繰り返します。「僕は、この人と結婚するつもりだから」

父も母も困惑顔です。というのも、兄はその年に大学を卒業したばかりで、名のある企業に勤めてはいましたがまだまだひよっこの社会人一年生、一人暮らしをはじめたばかりで貯金もなく、給料だって高が知れています。

「まあ、結婚のことはゆっくりと考えてもいいんじゃないかしら」母がにこりともせずに、そんなことを言います。「まだ若いんだから、なにも、そんなに慌てなくても」普段は口数少ない母でしたが、この日は饒舌でした。「若気の至りっていうこともあるでしょう？　あとで後悔しても遅いのよ？　もう少し、様子を見てみたら？」母は必死でした。世の母親というのは、息子の結婚話の前ではこのような動揺を見せるものかもしれません。きっと、一国の王女を連れてきたとしても、母親は後ろ向きなことしか言わないのでしょう。

実際、兄が連れてきた女性は、どこぞの王女様かというほどの、素晴らしい美人でした。立ち居振る舞いも容姿も洗練され、服のセンスも減点の余地はありません。兄が夢中になるのも分かります。しかし、これほどの女性と、兄はどうやって知り合ったのでしょう? 兄は中肉中背の十人並み。決して人目を引く美男ではありません。しかも、超がつくほどの奥手、気楽に女性に声をかけられるような人ではありませんし、女性を喜ばせる術にも長けていません。「あの子は、ちゃんと結婚できるかしらね……」というのが母の口癖で、「時期を見て、お見合いさせないといけないわね……」と、ことあるごとにつぶやいていました。

そんな母の心配をよそに、二十三歳という若さで、こんな美人を連れてきたのです。母が動揺するのも当然だったのかもしれません。それにしても、母の動揺は度が過ぎていました。

「結婚なんて、まだ、早いわよ、今は仕事に精を出しなさい。あんまり浮かれていると、出世できないわよ」

などと、否定的な言葉ばかりを並べていきます。兄も兄で負けていません。普段は母に従順な兄でしたが、このときばかりは声を荒らげて、

「僕と彼女は、運命で結ばれているんだ!」

と、母に向かって吼えます。そして、自分と彼女との間に結ばれた絆がどれだけ強いものか、二人の出会いがどれだけ運命的なものかを、滔々と説明していきました。その話はかなり長いもので、話し終わる頃には、とっぷりと日が暮れていました。

兄の話を要約すると、つまり、こういうことでした。

あるとき、兄に、身に覚えのないメールが届いた。ジャンクメールの一種かと思ったが、削除する前に念のためメールの内容を読んでみると、どうも重要な連絡事項のようだ。このまま捨て置けば、送信者にも本来の受信者にも不利益が生じる。それではあまりに気の毒だと思った兄は、「間違って届きました」という旨の簡単なメッセージを添えて、メールを返信した。すると、すぐにお礼のメールが届いた。その丁寧な内容に心打たれた兄は「どういたしまして」と返信。結局、この日だけで五往復もメールをやりとりし、これを機にメール交換がはじまった。

メールの内容は他愛のないものだった。今日の天気、ニュースの感想、そして、簡単な近況。が、交換が進むにつれ、兄は職場での悩みを綴るようになる。それは、片思いの彼女のことである。兄には、密かに思いを寄せている女性がいた。取引会社の受付嬢で、ひと際華のあるJ子さんだ。はじめは憧れ程度のものだったが、日に日に思いが募っていく。食事にでも誘いたいが、相手は取引会社の女性、下手に声はかけられない。

一方、メール交換している相手にも思いを寄せる人がいた。勤めている会社によく顔を出す営業マン。見るからに実直そうな人で、「ああいう人はいい旦那様になるだろうな」などと思っているうちに、恋心を抱くようになった。

秘めた思いを吐露し合っているうちに、相手がこんなことを言い出した。

「私たち、ここで一歩、踏み出しましょう。次にその人に会ったら、勇気を出してメールアドレスを訊いてみませんか？　あなたが勇気を出すというならば、私も出してみます」

そうだ。うじうじしているよりは、当たって砕けたほうがいい。兄は決心し、翌日、取引会社に行くと、勇気を振り絞って意中の人に声をかけてみた。

「あの」「あの」

ふたつの声が重なる。

「あ、お先にどうぞ」「いえ、お客様のほうからどうぞ」「いえ、そちらから」「いえ、お客様から……」そんな譲り合いをしばらく続けたあと、兄はとうとう、本題を切り出した。

「メアド、教えてください！」

目を真ん丸くするJ子さん。玉砕か？　と思ったところで、「はい。少々お待ちください」と、J子さんは、手元のメモにペンを走らせた。

そして、「お待たせしました」と渡されたメモには、見覚えのあるメールアドレスが。

「え。っていうか。え？　……なんで？」

「じゃ、今度はお客様のメールアドレスを教えていただけますか？」

……本当に、奇跡の一瞬だったんだ。僕は、まさに運命を感じたんだ！　メール交換していた相手が、J子さんだったなんて！

顔を紅潮させ吼える兄。ここまでのぼせ上がった人には、どんな言葉も届きません。

その年、二人は強引に結婚式を行いました。結婚式には、例の「運命のメール」もスライド写真で紹介され、会場は大変盛り上がりました。

が、母だけは、「ったく、なにが運命のメールよ」と一人毒づいていました。「だって、おかしいと思わない？　絶対不自然よ」

「まあ、確かに、出来すぎな話のような気もするけど。でも、まあ、そういうこともあっていいんじゃない？」宥めるように、私は言いました。

「ううん、絶対、なにかある。裏がある。あの子はハメられたのよ」

「ハメられたって……。兄さんをハメて、いったいどんなメリットがあるのよ？　お金を持っているわけでも、莫大な遺産が転がり込んでくるわけでも、特別な肩書きを持っているわけでもないのよ？」

「でも、あの子は優しいわ。誠実よ。子供が生まれたら、必ずいいパパになるわ。妻のため、子供のため、身を粉にして働くでしょうね」

母は、新婦の腹部に視線を定めました。そうなんです、兄たちが結婚を急いだのは、J子さんが妊娠していたからなんです。

「これは、カッコウの罠よ」

「なによ、カッコウの罠って」

「カッコウは、他の鳥の巣に卵を産んで、その鳥に子育てさせるのよ」

「え……、それって、つまり」

「そう、お腹の子は、あの子の子供じゃないのよ、きっとそうよ。私には分かるのよ。ああいう虫も殺しません、ていうような女が一番危ないのよ。計算高いのよ」

「お母さん、いくらなんでも、それは……」

「ううん、私には分かるの。……そうね、きっと、こういうことだわ。あの女はあの子に多額の保険金をかけるのよ。そして、折を見て、あの子を殺害するんだわ。それか、自殺に追い込むんだわ。これは、周到に計画された、保険金殺人よ！」

母は、すっかり妄想の虜でした。というのも、父までJ子さんにメロメロで、親戚もJ子さんを大絶賛したものですから、母一人、浮いてしまったのです。自分の存在を維持するためにも、「J子は性悪女」という妄想が必要だったのでしょう。母は、それから毎日のように兄に連絡を入れては、自身の妄想をそれとなく吹き込んだのでした。最初は馬鹿馬鹿しいと適当に聞き流していた兄も、出産が間近になってくると母の言葉に耳を貸すようになりました。もともと兄はマザコンの気があります。母に揺るぎない信頼も寄せていました。

「そういえば、先週、生命保険の話が出たんだけど……」

「やっぱり！　やっぱり、それが狙いだったのね。J子さんは、はじめからあなたをターゲットにしていたのよ。だからあなたのメールアドレスを入手して、間違いを装って、あなたにメールを出したのよ。だって、あなたのメールアドレス、あんなに長くて変わっているのよ？　あんなヘンテコなメールアドレス、どうやって間違えるっていうのよ？」

「言われてみれば……」

「でしょう？　きっと、お腹の子供は、不倫かなにかで出来てしまった子供なんだわ、うん、それに間違いない」

「……そういえば、営業部の部長が彼女に粉をかけているって噂が……」

「ああ、それよ、それ。きっと、その部長が黒幕ね」

「確かに、部長は腹黒いところが……」

「もう、間違いないわね、その部長がお腹の子供の父親ね」

「……ま、まさか」

「うんもー、しっかりしなさいよね。あなたがそんなんだから、利用されてしまうのよ。昔からそうでしょう？　あなた、今までにもたくさん、悔しい思いしてきたでしょう？　裏切られてきたでしょう？　もういい大人なんだから、もう少し強くならないと、自分を守らないと。この世は罠だらけなのよ。世界中が敵だと考えてもいいぐらいよ。でも、私だけはあなたの味方だからね」

　そして翌年、子供が誕生しました。三千五百グラムの元気な男の子です。兄の疑惑も、ここできれいに払拭されました。顔がぱぁっと輝きます。なにしろ、赤ん坊は兄にそっくりだったのです。どこからどう見ても、兄の子供です。なのに、母は囁きました。

「あら、あなたに全然似てないのね。いったい、誰に似たのかしら？」

　まったくもって、悪魔の囁きです。兄の顔が見る見る青ざめていきます。

「似ているわよ、兄さんにそっくりじゃない」私は言いました。が、それは逆効果のようでした。下手な慰めだと、兄は感じたようです。来る人、来る人に「お父さんにそっくりねー」と言われて、兄はますます猜疑心の塊になっていきました。

「人は、本当のことは言わないから。逆のことを言うものなのよ」

　母の悪魔の囁きは止まりません。

「だって、ほら、よくよく見てごらんなさいよ、赤ん坊の顔を。あなたにちっとも似ていない。じゃ、誰に似ている？　……部長さんにそっくりじゃない？」

「そうだ。部長にそっくりだ。あのいやらしい目、あの形の悪い鼻、あの品のない唇。なにもかも、部長にそっくりだ……」

そして、間の悪いことに、その部長という人の名前でお祝いが届きました。緋色のバラです。

「花言葉は秘めた情事ね。陰謀という意味もあるみたい」

母が、止めを刺しました。

そして、子供が生まれて一ヵ月後、兄は自殺をはかりました。睡眠薬を大量に飲んだのです。遺書らしきメモには、

「悪魔だ、悪魔の子が生まれた、世界は悪魔に支配されている」

と記してありました。

一命は取り留めましたが、兄がこちら側の世界に戻ってくることはありませんでした。自殺未遂の後遺症のため寝たきりになり、完全介護の身となりました。J子さんは息子を連れて出て行きました。

母のちょっとした嫉妬心がこのような事態を招いてしまったわけですが、母は特に後悔はしていない様子です。むしろ、息子を鬼嫁から守ったと心から信じています。

そして母は、寝たきりの兄の耳元でなにかを囁き続けます。どんなにイライラしていても不機嫌でも、囁いているときの母はすっきりとした表情です。それはたぶん、

日常の細々とした愚痴なんだと思います。が、塵も積もればなんとやら。無条件で母の愚痴を吸収しなくてはならない兄の姿は、人間というよりは、なにか物体に見えます。

母は、自分だけのサンドバッグを手に入れたのです。

4

「そんな事情があったなんて、……初耳だな」

スズキさんが、呻くようにつぶやいた。額には、小さい玉のような汗がびっしりと貼り付いている。

「うん、今日はじめて話した」

アキモトさんが、にこりと笑う。

「こんな機会じゃないと、なかなか話せないし。……どうしたの？　引いちゃった？」

「ううん、ただ、……びっくりしただけだよ。君にお兄さんがいたことも知らなかったし」

「うん。だって、兄は、三年前、死んじゃったから」

「亡くなったの？」

「うん。だから、お母さん、今とても寂しがっている。愚痴を言える人がいなくなって」

「そ、そうなんだ」

「あなたは気をつけてね。母の悪魔の囁きにはハマらないでね」

「あ、あああ、気をつけるよ……」

「ほんと、母の妄想はたちが悪いのよ。年々、ひどくなる。それで、最近、父ともぎくしゃくしちゃって」

「アキモトさんはどうなんですか？」スナック菓子を摘みながら、カワイさんが首を突っ込む。「アキモトさんは、妄想は？」

「いやだ、私は違うわよ。私は妄想なんて。ね、そうでしょう？」アキモトさんがスズキさんを見る。

「あ？　ああ、そうだね。……でも、ちょっと思い込みが激しいところがあるかな」

「いやだ、そんなことないわよ！」

「いやいや、ごめん、ごめん。冗談だよ、冗談だってば……」

「ふふふふ。ラブラブですね」スナック菓子を齧りながらカワイさん。「お二人はお付き合い、長いんですか？　お付き合いのきっかけはなんだったんですか？」

「ネットのコミュニティ。そこで知り合って、メル友になったのよ、私たち」アキモトさんが応えた。「メル友だった期間も入れると、一年ぐらいかしら?」

「へー、一年。一年だったら、今が一番ラブラブですね！　羨ましいー」

言いながら、カワイさんはスナック菓子のカスがついた指でアキモトさんの肩をつっついた。

「カワイさんって、おもしろいわね」つっつかれた場所を指で払いながらアキモトさん。「ざっくばらんというか。……無神経というか」

「そんなことないですよぉ。わたし、根暗なんですよ?　人見知りもするし。街で知った人に出会っても、気付かない振りするぐらいなんですから」

「そんなふうには全然見えないけど。だって。……ね、私たち、前に会ったことある?」

「どうして、そう思うんですか?」

「ううん。ただ、ヴィクトリア駅で声をかけられたとき、下の名前を呼ばれた気がして。それが、ずっと気になって」

「あ、だって、それは。……そのタグが」

カワイさんは、アキモトさんのウエストポーチを指差した。見ると、ストラップがぶら下がっている。緑色の透明な小石をいくつも繋げたその先には名前が刻まれたタグ。土産屋でよく見かける名札グッズだ。

「それ、素敵ですよね。どこで？」

問われたアキモトさんは、スズキさんの顔を見る。促されるように、スズキさんは答えた。

「高尾山で買いました」

言いながら、スズキさんがブレスレットをいじる。

ああ、なるほど。そのストラップは、婚約者のスズキさんとお揃いなんだ。スズキさんのブレスレットも、緑色の透明な小石で出来ている。

「きれいな石ですね」私は言った。

「でしょう？　パワーストーンらしいです」スズキさんが、にこりと笑う。スズキさんが笑うのは、はじめてかもしれない。

「パワーストーンですか」でも、カワイさんが口を挟むと、スズキさんの笑いは消えた。

「パワーストーンなら、わたしも持っていますよ」言いながら、カワイさんは、バッグからなにやら小物を取り出した。

あ。

ブレスレット、緑色の透明な石を繋げたブレスレット。……スズキさんとまったく同じものだ。

アキモトさんの右眉が、信じられないような角度でつり上る。

「なんで、あなたがそれを？」アキモトさんの問いに、

「買ってもらったんです。元彼に」と、カワイさんは即答した。「わたしたちも、高尾山に行ったんですよ。ふふふふふふ」

「そ、そう、元彼に。……偶然ね」言いながら、アキモトさんはスズキさんの手首を見やった。

「ほんと、偶然ですねぇ」カワイさんは意味有り気に笑うと、ブレスレットをバッグに仕舞い込んだ。

いやな空気が流れる。「でも、偶然なんていうのは存在しないんですよね？」アキモトさんがスズキさんのブレスレットを睨みつけ、スズキさんが額の汗を拭い、カワイさんがスナック菓子を食べながらその様子をニヤニヤと眺めている。

立ち込める、チョコレートとバナナとチーズとオニオンの匂い。

「いや、ありますよ、偶然」私は言った。「あります、あります、もうそこらじゅうに転がっています。世界は偶然で出来上がっていると言ってもいいほどです。実は、私もですね……」

まったく不本意なことだが、私は、持ちネタをここで自ら披露する羽目になった。

本当は、全員が話し終えたあとのほうがよかったのだが。でも、仕方がない。こういう空気はとても耐えられない。

私は、とっておきの話をはじめた。

＋

これは、私が小さい頃に体験した話です。たぶん、幼稚園に通っていた頃、少なくとも、小学校には上がっていませんでした。小学校に上がってすぐに、今住んでいる一戸建てに引っ越したんですが、それを体験したときはまだ団地に住んでいるときでしたから、間違いありません。

当時、両親は共働きで、一人で留守番をすることが多かった私は、そのときも一人で遊んでいました。

たぶん、折り紙遊びをしていたんだと思います。ハサミを探していると、棚の中で新聞を見つけました。新聞なんてそれまで一度も興味を持ったことはないのですが、そのときは、なぜか、手に取りました。その一面の見出しが、どうしても気になったからです。見出しは、

『昼下がりの惨事』

というものでした。見出しの横には写真も載っていました。

鬱蒼とした森の中、真っ黒な何かが、まるで枯れた木のように転がっている。その横には、真っ赤なローファー。

しかし、よくよく見てみると、真っ黒ななにかは、人の形をしている。ムンクの「叫び」のように、両手で頰を覆っている姿のようにも見えます。彫刻だろうか、マネキンだろうかと、さらによくよく見てみると、顔らしき部分の横に、なにかが転がっています。ビー玉のような、ゴルフボールのような。

……目玉！

恐怖が全身を巡り、私は、取り憑かれたようにその新聞を破りました。もう二度と目に触れないように、記事も写真も識別できなくなるまで、細かく細かく、破り続けました。私の手は見る見る真っ黒になり、闇を滲ませたオレンジ色の夕日が部屋を不気味に染めていきます。それでも私は破り続けました。悲鳴のような新聞を裂く音だけが、コンクリート壁の部屋をぐるぐる循環していました。

気が付くと、母の顔が私を覗き込んでいました。母が、パートから帰ってきたのです。

「どうしたの？　大丈夫？」

問う母に、私は泣くことしかできませんでした。あの写真が、あの黒こげの姿が、あの目玉が、私の頭の中をぐるぐる搔き回し、私の肺をぎゅうぎゅうに押さえつけ、私の心臓をみしみしと脅かし、私はそれらの恐怖をどう処理していいのか分からず、ただ、泣き続けました。

私はそれ以来、森がひどく苦手になりました。森は、あの写真を連想させるからです。森を見ると、それがテレビでも写真でも絵でも火がついたように泣き騒ぐものですから、両親などはとても難儀したといいます。林間学校やキャンプのシーズンになると私は悪夢にうなされて、憂鬱な気分に支配されたものでした。

あれは、五年前のことでしょうか。その頃、仲のよかったAさんに訊かれました。

「どうして、メグロさんは、森が苦手なの?」

そのとき私はAさんの部屋にいました。一緒に見ていたテレビに森の風景が出てきて、「やめて!」と、私がいきなり泣き出したのがきっかけでした。私は、小さい頃に見た新聞記事のことを話しました。

「そっか。トラウマになっちゃったんだね、その記事が」

「うん。森を見るだけで気分が悪くなるんだ。それがどんなに素晴らしい絵でも写真でも、画像でも。……ごめんね、なんか突然叫んじゃって」

「ううん。……私にも、似たようなことがあるよ。私は海が駄目なの。どうしても、海が苦手。海を見ると、やっぱり、気分が沈んじゃう」Aさんの顔に陰が広がります。「……ね、でも、原因があるなら、その原因とちゃんと向き合えば、もしかしたら治るかもよ？」

「え？」

「だって、その記事を見たの、幼稚園のときでしょう？　小さいときって、ちょっとしたことでもものすごく怖く感じるじゃない？　増幅されるっていうか。もしかしたら、大人になった今見たらそんなに大したことではなくて、その恐怖心も払拭されるかも。なぁーんだ、こんなものに怯えていたの、私……って。お化け屋敷とかそうじゃない？」

「でも、お化け屋敷は今でも怖いよ？」

「だから、それは例えばの話で。……ね、その記事、なんの事件だったの？」

「たぶん、航空機事故だったと思う。空港がどうのって書いてあった気がするから」

「航空機事故か。何年ぐらいの話？」

「私が幼稚園の頃だから、一九××年頃の話だと思う」

「季節は分かる？」

「たぶん、夏。あの鬱蒼とした感じは。……ああ、でも、分かんない。もしかしたら、熱帯の国の事故かもしれないし」

「日本の新聞で大々的に報道されたってことは、事故現場が日本か、外国であっても日本人が沢山乗っている飛行機だよね、たぶん」

言いながら、Aさんは、かたかたキーボードを叩いていきました。インターネットで事故の詳細を検索しようというのです。

その日は、Aさんの部屋に泊まることになりました。気が付くと零時を回っていて、終電がなくなったからです。検索は、それからも続きました。

「でも、飛行機事故って結構あるんだね」

Aさんの言うとおり、ディスプレイにずらずらと並んだ事故は、結構な数でした。でも、あの記事に該当する事故はなかなか見つかりません。一九××年に起きた航空機事故は二件で、それはどちらも外国の航空機の事故で、現場も外国でした。

「日本人が多く乗っている飛行機なら、外国の航空会社でも大きく報道されるかもしれないけど……」その二件の事故はどちらも外国の国内線の事故で、資料によると日本人の乗客は確認されていません。「なら、これじゃないよね……」

一九××年前後の事故も検索してもらったんですが、やはりそれらしき事故はありませんでした。

「っていうか」

Aさんの指が止まりました。

「メグロさん、そのとき、幼稚園だったんでしょう？　なんでその記事が読めたの？」

「え？」

「なんで、『昼下がりの惨事』なんて難しい字が読めたの？『空港』だってそうだよ」

本当だ。なんで私、読めたんだろうか。漢字どころか、ひらがなでさえおぼつかない歳だったのに。

「それに、真っ赤なローファー……って言ったよね？」

「え？……うん」

「なんで、新聞に載った写真なのに、色が分かったの？」

「え？」

本当だ。今でこそ、カラーの新聞も多いけど、当時は一部のタブロイド紙を除いては、ほとんどが白黒だった。

「それって、もしかして、後付の記憶なんじゃない？」

後付の記憶？　そんなことを言われて、私は混乱しました。

「そう。記憶って曖昧なものだから、時系列とか結構めちゃくちゃじゃない？　昔のことだと思っていたのが最近のことだったり、最近のことだと思っていたら、遠い昔のことだったり。しかも、そのときどきで修正したり補正したりするものだから、記憶そのものが嘘だったりする」

「……そうなのかな？」だとしたら、いったい、なんの記憶とごっちゃになっているのでしょうか？　間違いなく、私はあの新聞記事を見ている。

「ドラマとか、漫画とか」

そうなのかもしれない。いや、それにしても、あの記憶は、あまりに生々しいのです。他から借りてきたものとは、どうしても思えない。

「あとは……夢とか」

Aさんが、なにか意味を含めて、言いました。

「夢？」

「うん」頷くAさんの顔が、しだいに強張っていきます。「……さっき、私は海が駄目なんだよね、と言ったでしょう？　……それには原因があるの。私の場合は、夢が原因なの」

「どういうこと？」

「うん……」Aさんは言い澱み、なかなか話を進めてくれませんでした。お茶をいれたり、焼き菓子を出したりと、あれこれ口実を見つけては、その話から遠ざかろうとしている様子でした。自分で言い出した癖に。そんなふうに話を中断されると、気持ち悪くてしかたありません。

「で、どんな夢を見たの？」

私は、出された焼き菓子を摘みながら、少しきつめの口調で言ってみました。「で、どんな夢？」

「う……ん」Aさんは相変わらずもったいぶり、焼き菓子を手の中で細かく細かく刻みはじめました。テーブルの上に、焼き菓子の欠片（かけら）がはらはら積もっていきます。

「夢の中で、私、目が覚めるんだけど――」そして、Aさんは、とうとう話をはじめました。

――すると、テレビが付けっぱなしになっている。放送は終ったようで、画面は一面の砂嵐。私はそれを消すこともなく、どういうわけか、ぼんやり眺めている。

ただの砂嵐だったのが、眺めているうちに、なにか映像が浮かび上がってきて。

……それは、海の光景だった。海は、静かで波ひとつない。その中を行く、船。大きな船。客船。穏やかな船旅。

でも、突然、船は大きな波に飲まれた。まるで小枝のように大きく揺れる船。次々と投げ出される救命ボート。それに群がる人々。そんな光景が、断片的に映し出される。ドラマかなにかかしら？　と思っていると、砂嵐がぱっとやみ、画面が真っ黒になった。いよいよ放送が終了したのだなとテレビを消そうとしたら、今度はテロップが流れ出した。それは、人の名前で、いろんな名前が延々と流される。なにか気持ち悪くて今度こそテレビを消そうとしたら——。

「消そうとしたら?」Aさんの言葉が突然途切れたので、私は次を促した。「で、消そうとしたら?」

Aさんは、唇の端についた焼き菓子のカスを左の人差し指でこそげ落とすと、乾いた唇をぺろりと舐めて、言いました。

——私の名前が流れたの。

「え? あなたの名前が?」

——そう、私の名前が。……なんで? え? なにこれ? なんで私の名前が? と混乱しているうちにテロップは終わり、最後の一文が、画面いっぱいに映し出された。

……ご冥福をお祈りいたします。

いやな沈黙が落ちました。二人の心臓の音まで聞こえそうなほどでした。どっくん、どくどく、どっくん。私は無理やり笑顔を作ると、声のトーンを二つほど上げて質問しました。

「ご冥福って、それ、つまり、船で遭難した人の死亡名簿ってこと?」

「たぶん」と、Aさんはニヤリと笑いました。でも、その頰はぴりぴりと引きつっています。

「……でも、それ、夢でしょう？」私は、お笑い芸人がするように、上半身を無闇に前後左右に揺らしました。「夢なんだから、気にすることないよ」

「本当は、夢じゃないんだ、それ」

「え？」私の体の揺れが止まりました。

「小さい頃、本当に経験したこと。深夜、親に隠れてテレビを見ていたら、突然、砂嵐になって……」

「いや、でも」

「そのテロップには、日付も出ていた。二〇〇×年の十月十三日。あまりに怖くて、夢ってことにしているけど」

「あ……、でも、っていうか」私は、どう答えていいか分からず、焼き菓子を立て続けに二枚、口の中に放り込みました。「ああ、そう、そう。砂嵐の都市伝説って、結構あるじゃない？　砂嵐を三十分見続けていると発狂しちゃうとか、三十分以上見ると死んじゃう、とか」

私は、Aさんを慰めるのに躍起になりました。それは勘違いだ、思い違いだ、だから気にするな……と。思えば、自分もそんなふうに、いろんな人から言われてきたような気がします。言われれば言われるほど、あの記事の記憶が鮮明になっていくということを自分自身が一番知っているくせに、私はAさんを慰め続けました。

「そうそう、確か、砂嵐を見ていたら名簿みたいなのが流れてきて、その中に自分の名前があって……というヤツもあるよ。きっと、その都市伝説がごっちゃになっているんだよ」

「……それ、私が言い出したことなんだよね」

「え?」

「昔、雑誌に投稿したことがあるの。体験談ということで。そしたらそれがいつの間にか尾鰭がついて、世間に流布されていた」

「……あ、そうなんだ」

それからは、会話が途切れました。焼き菓子を嚙み砕く音と、お茶をすする音が交互に、または交じり合って、深夜の部屋に響き渡ります。

Aさんは、焼き菓子の油で汚れた指をティッシュで拭いながら、どういう意味なのか、再び、ニヤリと笑いました。

いつのまにか、付けっぱなしのテレビの画面は、一面、砂嵐になっていました。私は、テーブルの上にあったリモコンを急いで手にとり、電源ボタンを押しました。

「でも、それは絶対、夢だから。夢の中で見たことを、実際に体験したと思っているだけだから。気にすることないよ。気にしちゃ駄目だよ」私は、念を押すように、そう何度も繰り返しました。

それから、二年後。

みなさんは、フィリピン沖で起きたフェリー事故を覚えてらっしゃるでしょうか？　島々を巡る観光用のフェリーが、正体不明の船に激突されて沈没するという事故です。そのフェリーに、Aさんは乗っていました。社内旅行で、三泊のクルーズに参加していたそうです。海嫌いのAさんでしたが、社内旅行ということで参加しないわけにはいかなかったのでしょう。彼女は、幹事の一人だったとも聞きます。どんなに抗っても、船に乗らなければいけない運命だったのだと思うと、私は、悲しくて仕方ありません。

私が、彼女の死を知ったのは、深夜の臨時ニュースでした。それまで放送されていたドラマの再放送が突然途絶えニュースに切り替わったとき、私は妙な胸騒ぎを覚えました。画面いっぱいに被害者名簿が流されたときは、心臓のどきどきが部屋中に響き渡るようでした。

私は、画面を見守りました。陰鬱なアナウンサーの声とともに、被害者名簿が淡々と流れます。そして、私はAさんの名前を見つけました。

……Aさんが砂嵐の中に見たという名簿とは、これだったのかもしれません。この名簿がAさんのトラウマとなり、しかしAさんはトラウマに飲み込まれる形で、亡くなってしまいました。

そして、私のトラウマです。私が見た、新聞記事の『昼下がりの惨事』。

最近、その記事の詳細を思い出しました。どういうわけか、その記憶は、年々、鮮明になってくるのです。そして、昨日、私は、一番知りたかった情報を思い出しました。

その事故の日付です。二〇一〇年、六月十九日。

そう、私たちが帰国する日です。

もうひとつ思い出したことがあります。記事の中に、ピースワールド社の名前があったこと。ピースワールド社、私たちが利用しているツアー会社です。

ただの夢だ、ただの偶然だと言い聞かせても、私の恐怖は膨らむ一方です。

そのことで、今朝、私は連れと喧嘩をしてしまいました。帰る日を変更しようと私がしつこく言ったからです。そもそも、この旅行には、私ははじめから乗り気ではありませんでした。飛行機はマイナー会社、ホテルも最低ランク。なにか目的があればいいのでしょうが、大した目的もないのに慰安のつもりで参加するにはリスクの大きいツアーです。なのに、連れはその安さだけに引かれて、ツアーに参加しようとしました。なら一人で参加すればいいものを、それだと追加料金を取られるからと、私も引きずり込んだのです。連れはもともと、強引な性格なんです。人の意見もきかず、どんどん物事を進めていくところがあります。ワンマンなんです。……とはいえ、そんな連れに折れてしまう私もいけないんですが。

それでも、やはり、来なければよかったと思っています。行きの飛行機は最悪で、私たちはどちらともなく不機嫌になっていきました。ようやく辿り着いたホテルはこれまた最悪で、私たちの言葉数は日に日に少なくなりました。そこにきて、「帰る日を変えたい」などと私が言い出したものですから、連れの怒りを買いました。

「帰る日を変えるなんて、できるわけないじゃん！」

そして、それっきり、口をきかなくなりました。

私だって、もちろん、そんなことはできないと承知しています。なにしろ、私たちが持っているチケットは、ツアー会社が用意した変更不可のチケットです。ですから、日時はもちろん航空会社も変更なんかできません。……そう、航空会社は変更できない。それが、私の希望でもあります。あの記事に載っていた光景は、鬱蒼とした森。熱帯のジャングルのような場所です。一方、私たちが利用する飛行機は、北回り。熱帯のジャングルとは無縁の航路です。

ただ、不安もあります。フライト直前に航空会社が変更されることもままあります。もし、なにかの都合で、突然、南回りの航空機に変更されたら。南回りならば、熱帯のジャングルとも無縁ではありません。

今、私の思いはひとつです。

航空会社が変更になりませんように。

ただ、それだけです。

5

「メグロさんが持っている航空券って、つまり、私たちが持っている航空券と同じってことよね?」

アキモトさんが、探るように言葉を挟んだ。

「そりゃ、そうですよ。わたしたち、同じツアーに参加しているんですから」新しいスナック菓子の封を切りながら、カワイさん。今度はコンソメ味らしい。コンソメの強烈な匂いが、ふわっと私たちを包んだ。

「メグロさんの話は、たぶん、なにかの夢とごっちゃになっているのよ」

アキモトさんは、声のトーンを上げた。「夢よ、夢。だから、気にしちゃ、駄目よ」

「……まあ、そうだね、夢だね」

スズキさんも、汗を拭きながら言った。いつのまに外したのか、その手首にはブレスレットはない。

「そうですよね、夢ですよね」私もそう言ってみたものの、喉がからからに渇いて語尾がかさついてしまった。バッグからペットボトルを引きずり出すと、それを一気に喉に流し込む。

「ところで、メグロさんと彼は、もう長いんですか？」カワイさんが、いきなりそんなことを訊いてきた。

「え？」

「だから、彼ですよ。一緒に海外旅行するぐらいだから、きっと、ラブラブなんでしょうね。……で、どのぐらい？」

「え……と。そうですね、付き合いだしたのは、半年前でしょうか」

「半年でもう旅行ですか。羨ましいですね」

カワイさんは、なにを思ったのか、バッグからブレスレットを再び取り出した。

「私にこれを買ってくれた彼は、結局、一度もわたしを旅行には誘ってくれませんでした。日帰りで高尾山に行っただけ。……わたし、遊ばれていただけなのかしら？」

「その元彼とは、どのぐらい続いたの？」右眉を吊り上げながらアキモトさん。語尾が恐ろしく尖っている。

「五年です。年下の彼で、わたし、結構貢いだんですよね。なんだかんだいって、五百万円はつかったかしら？　なのに、平気で振るんですよ。信じられます？　悔しくて、憎くて」

　カワイさんは、コンソメ味のスナック菓子を一気飲みするように口の中に放り込んだ。シマリスのように膨らんだ頬を蠢かしながら、カワイさんは、続けた。

「食べてないと、いられないんです。食べてないと、辛くて。……わたしをこんなふうにしたあの人が本当に、憎い、憎い、憎い、憎い！　でも、忘れられなくて。今でも、大好きで。だから、イギリスまで来ちゃいました。その人を追って」

　空気が、止まる。アキモトさんの表情はもうこれ以上ないというほど険しくなり、スズキさんの額は、汗が滝のように流れている。

　とても、耐えられない。

「あ、カンタベリー物語ごっこ、続けません？」

　私は、言った。

「最後は、スズキさん。お願いします」

　私が言うと、スズキさんの瞼がぴくぴく痙攣（けいれん）をはじめた。そして、乾ききった唇を舐めながら、白状するように言った。

「困ったな……、僕、こういうの、苦手で。さっきからずっとネタを探していたんですけど、なかなかなくて。困ったな。……作り話でもいいかな？　作り話なら、ひとつ、あるんだけど」

「ええ、作り話でもなんでも」

作り話でも、本当のことだと言って話せばいいのに。どうせ、今までの話だって、ほとんどが作り話に違いないんだから。スズキさん、変に律儀な人だ。

「なら、はじめます」スズキさんは声の調子を整えると、姿勢を正した。

――宇宙に年齢があるのはご存知でしょうか？　ハッブル年齢でいうと、宇宙の年齢は約百五十億年程度とされてきたんですけど、でも、一九九七年、フリードマンという学者が、宇宙望遠鏡の画像を使った観測の結果、宇宙の年齢は九十億年から百二十億年だと発表したんです。そこで大論争が起きまして……。

電車が停まった。

車内の乗客が次々と立ち上がる。

「あ、カンタベリーに着いたみたいですね」

カワイさんはスズキさんの話を遮った。

せっかく覚悟して話をはじめたスズキさんの顔が、間抜けに呆（ほう）ける。

そんなスズキさんをちらちら見ながら、カワイさんは言った。

「結局、全員の話、聞けませんでしたね。スズキさんの話、聞きたかったのに。……ということは、投票はナシですね」

6

カンタベリーに到着すると、私たちは四方にバラけた。

さすがは英国国教会の総本山、街はさんざめき、色とりどりのショップで賑わい、それでいて厳かで、その歴史の深さを感じさせる。カンタベリー大聖堂も素晴らしいものだった。想像より小さくは感じたが、なにか神秘的なエネルギーを感じる。なるほど、これぞ、パワースポット!

しかし、予想外の暑さには閉口した。六月だというのにまるで真夏のような太陽が、じりじりと肌を焼く。

「イギリスも、異常気象かしら?」

ハイ・ストリートを歩いていると、カワイさんに声をかけられた。どきっと心臓が鳴ったが、まあ、小さな門前町だ。こういうことも珍しくないだろう。実際、アキモトさんとスズキさんの姿も先ほど見かけたところだ。なにやら激しく言い合っていたので、声はかけずにおいたが。

「『カンタベリー物語館』には行きました?」カワイさんの問いに、私は首を横に振った。

「おもしろかったですよ。カンタベリー物語を蠟人形で再現しているんです。さすが、蠟人形の本場ですね、とてもリアルでした。日本語のガイドもあるし、おすすめです」

カワイさんの顔が迫ってくる。スナック菓子でも食べていたのか、唇にはチョコレートのカスがついている。

「あ、でも、これから聖オーガスティン大修道院跡に行ってみようと思っているんです」

私の体が、自然とカワイさんを避ける。それでも、カワイさんは迫ってくる。

「ああ、あそこも世界遺産ですもんね」

「ええ。そうなんです。だから、行ってみようかなって。……時間が余ったら、蠟人形館にも行ってみますね」

「ふふふ、蠟人形館じゃないわよ、『カンタベリー物語館』よ」

「ああ、そうでした、『カンタベリー物語館』」

「……それにしても、暑いですね」

「本当に」

え？

いきなり頭の上から、冷たい霧が降ってきた。

「気持ちいいでしょう?」カワイさんが、スプレーをもって微笑んでいる。「エビアンの肌水です。旅行には必需品です」

「あ、ありがとうございます。とても、気持ちいいです」

「あら? あれ、アキモトさんとスズキさんじゃないかしら?」

カワイさんが指を差した。その先には、見覚えのある二人が見える。……まだ言い争っているんだ、あの二人。

「スズキさんのお話、聞けなくて残念でしたよね」カワイさんが、二人の姿を追いながら言った。

「ええ、そうですね」

「スズキさん、なんだかずっと心ここにあらず状態でしたもんね。きっと、懸命に話を考えていたんでしょうね。カンタベリーに着いたとき、ほっとした顔をしてましたよ」

カワイさんの言うとおり、スズキさんは魂の抜け殻のように終始、視線が泳いでいた。でも、それは他に理由があるのではないか。例えば、カワイさん、あなたになにか関係が?

「カワイさんは、ただのセンチメンタルジャーニーなんかじゃなかったんですね」私は言った。

「え？」

「だって、電車の中で……元彼を追いかけてきたって」

「ふふふふふ。そうですよ。ちゃんと目的があって、ここまで来たんですよ。ふらっと来たわけじゃありませんよ。ちゃんと、目的があるんです」

カワイさんが、唇についたチョコレートのカスを、ぺろりと舐めた。その視線の先には、アキモトさんとスズキさん。彼らは、言い争いながらも駅の方に向かって歩き出した。

「あ、じゃ、わたしも次の電車でロンドンに戻ります。……次に会えるとしたら、空港かしら？」カワイさんは、アキモトさんとスズキさんの姿を視線で追いかけながら、言った。

「そうですね」

「航空会社、変更されないといいですね」

「あ、あの話は、気になさらないでください。半分は、作り話なので」

「え？」

「Aさんの話、あれ、嘘なんです。あれは、職場の先輩に聞いた話を、ちょっとアレンジしただけなんです」

「あ、そうなんですか。作り話なんですか。……安心しました。じゃ、あと二日。お互い、後悔のないよう、楽しみましょうね」

7

ロンドンで殺……。

前に座っている人が読んでいる日本語新聞が気になって仕方がない。ロンドンで殺、までは読めるが、それ以外は分からない。何があったんだろう？　あ、だめ、まだめくらないで、ああ、そうそう、そのまま、そのまま。

日本人観光客、ロンドンで殺……。

「マジ、しゃれんなんないよ、イギリスの物価」

ヒースロー空港。トレイをテーブルに置きながら、ヨシキは殊更大きなため息を吐き出した。

せっかく読めそうだったのに。それはヨシキの体で邪魔された。

私は乗り出していた体を、元に戻した。

「これ、いくらしたと思う？　マジ、信じられない額だぜ？」

トレイには、ハンバーグとコーヒーがそれぞれふたつずつ。

「これだけで、日本円で三千円だぜ、三千円！　ったく、どうなってんだよ、この物価高はさ」

　この一週間、ヨシキの口癖は「これ、いくらしたと思う？」だ。そのせせこましい愚痴が私を何度も苛立たせた。それが原因で何度となく喧嘩もした。それまで成田離婚なんていうものを信じたことはなかったが、今ではとても理解できる。このツアーがあと二日長かったら、私は真剣に別れを考えていたかもしれない。が、その手前で帰国のときがきた。あとは飛行機に乗るだけだ。なにはともあれ、最悪なことにならなくてよかった。

「で、チェックインカウンターは、開いてた？」

　私は、早速ハンバーガーを手に取った。あの最低最悪のホテルが今日も髪の毛入りの朝食を出すものだから、朝からなにも食べていない。お腹、ペコペコだ。

「カウンター？　開いているわけないじゃん。だって、夜七時の飛行機だよ？　今はまだ一時。そんなに早くから開かないよ。こんなんだったら、ロンドンにいればよかったな」

「ロンドンに残って、なにするのよ」

「そりゃ、観光だよ」

　なに言ってんのよ。そんなお金もないくせに。そもそも、早く空港に行こうと言ったのは、そっちじゃない。

「それにしても、夜までなにしてよ？　どうやって時間潰す？」

言いながら、ヨシキはガイドブックをぺらぺらとやりだした。付箋がたくさん立っている。旅行に出る前に立てたものだ。が、その半分も消化していない。

「あーあ。結局、行った世界遺産は三つだけだよ。ロンドン塔だろう？　ウェストミンスターだろう？　キューガーデンだろう？」

「あと、カンタベリー」

「それは、俺、行ってないもん。行ったの、おまえだけじゃん。たく、声かけてくれてもいいのに。俺も行きたかったよ」

喧嘩していてそれどころじゃなかったことをもう忘れているのだろうか。

「でも、まあいいか。おまえが行ったんだから、俺も行ったことになるよな？」

いったいどういう理屈なのか分からないが、ヨシキは、メモ帳に「カンタベリー」と付け加えた。そのメモ帳には今までに行った世界遺産の名前が記されている。ヨシキは、自称、世界遺産ハンターだ。世界遺産を制覇することが目標らしい。ハンターとか制覇とかオーバーなことを言っているが、まあ、スタンプラリーをやっている感覚なのだろう。

「次は、東南アジアに挑戦したいな」

ヨシキは、視線を前方に飛ばした。その先には、二十畳はある大きな観光ポスターが壁一面に貼られている。そのリアルな風景に、全身が粟立つ。

「あれ、スマトラだよ、インドネシア。……よし、次はインドネシアだな」

「私は、無理だから」

「そっか、おまえ、熱帯は苦手だったんだよな」

「っていうか、まずは日本の世界遺産を制覇したら？」

「日本の世界遺産にだって、行っているさ。日光だろ？　京都だろ？　姫路城だろ？

ああ、あと、高尾山にも行ったよ」

「高尾山は世界遺産じゃないじゃん」

「違ったっけ？」

「もう、いい加減なんだから」

「で、カンタベリーはどうだった？」

「別に。……あ。でも、蠟人形館はおもしろかったよ」

「おまえ、なにしに行ったんだよ」

「カンタベリー物語」

「え？」

「だからね」

私は、その日のことを簡単に説明した。駅で声をかけられて、四人で同じ電車に乗って、そして、とっておきの話を披露しあったこと。

「で、おまえは何を話したわけ？」

「昔見た、夢のこと」

「どんな夢？」

「新聞記事の夢。前に話さなかったっけ？　航空機事故の――」

「なんだ、おまえ、まだそのことを気にしていたわけ？」

「だって、未だにときどき見るんだもん、その夢。……あ」

「なに？」

「ううん」

日本語新聞を読んでいた人が、それをそのままテーブルに置いて席を立った。たぶん、もう戻らないだろう。私は腕を伸ばすと、新聞を手繰り寄せた。

「なに？　新聞？」

「うん」

新聞は今日付けの、Y新聞だった。たった一週間日本を離れていただけなのに、妙に懐かしい。

「あ、これだ」

――口論の末、日本人観光客、ロンドンで殺人。

「なに？　殺人事件？」ヨシキが、新聞を覗き込む。

「うん、そうみたい」

「犯人が日本人なの？　それとも被害者が日本人？」

「どっちも日本人みたい」

「マジ？　二人はどんな関係？　動機は？」

「恋人同士……結婚する予定だったみたい。でも、ホテルで口論になって、女性のほうが男性を撲殺。死体をスーツケースに詰め込んで隠匿していたが、翌日、血で汚れたスーツケースに気がついた従業員の通報によって——」

「スーツケースに死体？　つか、それ、どうするつもりだったんだよ。まさか、日本に持ち帰ろうとしたとか？　……おい、どうしたんだよ、おい、おまえ、顔、真っ青だぞ」

「この人たち、私、知っている」

「え？」

「殺したほうが秋本真由美で、殺されたのが、鈴木俊夫。……アキモトさんと、スズキさんだ」

「どんな知り合いなんだよ？」

「カンタベリーまで、一緒に行った人たち。……私たちと同じツアーに参加していた人で、本当なら、今日、私たちと一緒に帰るはずだった」

「マジ？」

「うん」

「でも、なんで？」

「よく分からないけれど」

たぶん、カワイさんが原因だ。カワイさんが原因で、あの二人は喧嘩になったんだ。そして、なにか最悪の不幸なことが起きて、一方は殺人者、一方は被害者になってしまったんだ。

平静を装うも、手が震えて仕方がない。手にしたコーヒーのコップが、無残に滑り落ちた。

「おい、大丈夫かよ？」

「うん、うん、大丈夫。大丈夫。もう冷めているし、残り少ないし」

「服、汚れてんじゃん。ちょっと待ってろよ、今、紙ナプキン、もらってくるから。ついでに、コーヒーも新しいの買ってくるよ」

ヨシキはどこまで行ったのか、なかなか戻ってこない。

私は、もう一度新聞に目を通した。

間違いない、これはアキモトさんとスズキさんだ。本当なら、この空港で再会したかもしれないのに。

「本当に、残念なことになりましたよね」

え？

見ると、そこにはカワイさんが立っていた。心臓がどくんと波打つ。

「いったい、何が原因なんでしょうね？　新聞には口論としか書いてなかったけれど」

あまりに平然と言ってのけるカワイさんに、私は強い嫌悪を感じた。自然と鼓動も速くなる。

なに、惚けているの？　あなたが原因なんじゃない。あなた、スズキさんを追って、ここまで来たんでしょう？　スズキさんって、あなたの元彼なんでしょう？　そして、偶然を装って、アキモトさんに近づいて。

「隣、いいですか？」

私の返事も待たずに、カワイさんは私の隣に座った。オニオンとコンソメの匂い。そして唇には、スナック菓子のカス。

「本当に信じられません。あんなにラブラブだったのに、こんなことになるなんて」

なにを言ってるんだろう、この人。なに考えているんだろう、この人。信じられない、信じられない。

「ね、ところで、彼はどうしたんですか？　ヨシキくんは」

「え？」

「だから、ヨシキくんですよ」

「え？」

「あ、服が汚れている。コーヒーでも零しました？　こういうシミは早いうちに処理しないと残りますよ。とりあえず、濡らすんです、それが一番」

言いながら、カワイさんはバッグからスプレーを取り出した。

「ああ、大丈夫です、今、拭くものを取りに行ってもらってますから」

「いいから、いいから」

「だから、大丈夫ですってば」

「いいから、いいから」

「だから――」

「死ね」

その瞬間、私は、強いアルコールの臭いに包まれた。顔を覆おうとしたそのとき、「カチッ」という音が聞こえ、炎が上がった。

それは、あっというまだった。炎はまず、私の瞼を焼いた。眼球が剝き出しになる。

熱い、熱い、熱い。水を、誰か、水を！

しかし、周囲はスローモーションのように鈍い動きで、私から遠ざかるばかりだった。

ライターを握り締めたカワイさんが、にやつきながら私を眺めている。

コーヒーと紙ナプキンを持ったヨシキが、唖然とこちらを見ている。

そして、いくつもの靴が、逃げ惑う。

熱い、熱い、熱い！

ヨシキ、助けて、ヨシキ！

目が、目が、目が焼ける！　目が、目が、目が焼け落ちる！

なのに、誰も助けてくれない。あちこちから、携帯カメラのシャッター音。

そして、何かにぶつかり、私は崩れ落ちた。誰のものなのか、真っ赤なローファーが転がっている。

そして、私が最後に見たのは、スマトラのジャングル。

観光ポスターだった。

ナイスショット。そんな声も聞こえた気がした。

きっとその写真は、明日の新聞の一面を飾ることだろう。スマトラのジャングルを

背景に黒こげになった私の顔。見出しはなんだろうか。

やっぱり、『昼下がりの惨事』だろうか。

ドッペルゲンガー

来宮神社

歴史上、最も著名な実例の一つは、恐らくカテリナ女帝に現われたものでございましょう。それからまた、ゲエテに現れた現象も、やはりそれに劣らず著名なものでございます。

（中略）

更に進んで、第三者のみに現れたドッペルゲンゲルの例を尋ねますと、これもまた決して稀（まれ）ではございません。現にDr.Werner自身もその下女が二重人格を見たそうでございます。

（「二つの手紙」芥川龍之介著より）

わたしよ、初音よ。

ごめんなさい。連絡するの、遅くなっちゃった。銀行に行っていたのよ。ものすごく混んでて、参っちゃった。そうそう、銀行で、雀ちゃんとノリコちゃんに会ったわ。

雀ちゃん、知っているでしょう? 熱海いちの売れっ子芸者。ノリコちゃんは、人気の美容師さんよ。

他にも、知った顔が何人か。一万円札を眺めながらため息ついている人もいれば、一万円札の束を無造作にバッグに放り込んでいる人もいたわ。

銀行って楽しいわね。人生の明暗を分けた人たちが、一堂に会するんですもの。その顔色もさまざま。

わたし? わたしの顔はきっと薔薇色に染まっていたはず。だって、あなたと会うんですもの。

それで、明後日のことなんだけど。

……そう。そうなの。分かったわ、そういうことなら、仕方ないわね。

とても、楽しみにしていたのに、久しぶりの東京だもの。

先月から、そのことばかりを考えていたのよ。洋服だって新調したのよ、お土産にあなたの好きな「ほていや」の蒸しパンも注文したのよ。でも、仕方ないわね。お仕事なんですものね。

そうだわ、来月、お祭りがあるの。山車がたくさん出て、とても賑やかなお祭りよ。いつものホテル、お部屋、取っておきましょうか？　それとも、わたしのアパートにする？　そうだ、そのとき、来宮神社に行ってみない？　アパートの近くなのよ。大きな大きな楠木があるの。本州で一番古い木なんですって。なんでも、樹齢二千年なんだとか。大楠を一周すると、願い事が叶うんだって。本当かしら？　ね、あなた、試してみない？　二人で、木のまわりを回ってみましょうよ。

――じゃ、次は、必ずよ。必ずだからね。

でなきゃ、わたし、何をするか、分からないわよ。本当よ。だから、あなた、わたしを裏切らないでね。

+

わたし、ちょっと、脅かし過ぎた？

嘘に決まっているじゃない。わたしに、いったい、何ができるというの？　わたしにできることといえば、あなたの連絡を、ひたすら待つことだけ。

あれから一週間、あなた、どうして、連絡をくれないの？

もう、六月も半ばを過ぎてしまった。

いつもの美容院。待合スペースで順番を待っていると、セットを終えたばかりの雀ちゃんがこんなことを言う。

「ね、初音ちゃん、先週の日曜日、東京に行ったんじゃない？」

先週の日曜日っていえば、わたし、気分が悪くて一日中、部屋で寝ていたけど。

雀ちゃんは、あからさまな疑惑をその瞳にちらちら映しながら、名古屋帯から扇子を抜き出すと、意味もなく煽ぎはじめた。扇子に描かれた赤い模様が、まるで鉢の中をゆらめく金魚のよう。

「ね、初音ちゃん、東京に行くようなこと、言ってなかった？」

扇子が作り出した風が、雀ちゃんの髪を、ぱらりと崩す。首を少し傾けながらそれを手で押さえる雀ちゃんの瞳は、まだ疑っている。

「ね、東京に遠出するようなこと、言ってたよね？」

ええ、そうよ。その日は、東京に行く予定があったわ。でも、行けなくなったのよ。相手に、ドタキャンされたの。どう？　これで、納得した？

雀ちゃんの視線が、まだ、何かを探っている。

雀ちゃんは、ちょっと苦手。

四つも歳下なのに、まるでわたしを馬鹿にしている。ま、それも仕方ないことだけれど。だって、雀ちゃんは、根っからの芸妓だ。ここ熱海で生まれて、育った。でも、わたしは、お座敷コンパニオン上がりの余所者。「所詮はコンパニオン」とかなんとか、陰口を叩かれている身。

「先週の日曜日？　その日は、初音ちゃん、寝込んでいたわよ」

隅のテーブルでハンバーグをつっついていた紅吉姐さんが、助け舟をだしてくれた。

子育てに忙しい紅吉姐さんは、いつもこの美容院で、昼食を兼ねた夕食をとる。近くの洋食屋にハンバーグ定食とシーフードサラダを運ばせるのだけど、それがとても美味しそうで、わたしもつい、注文したくなる。でも、すごくカロリーが高そう。わたし、太りやすいから、気をつけなくちゃいけない。一方、紅吉姐さんは痩せの大食い。お座敷に上がればお客さんのお料理をかすめとって、お座敷がはけたらお客さんを連れてなじみのラーメン屋に行って、そのあとはスナック〝小菊〟で唐揚げを注文する。そして、唐揚げの半分をタッパに詰めてお持ち帰りするのが定番だ。子供たちの朝食にするらしい。「みっともない」なんて悪口を言う人もいるんだけど、姐さんはそんなことちっとも気にしていない。「だって、仕方ないでしょ。食べ盛りのチビたちが待っているんだから」これが、姐さんの口癖。

紅吉姐さんには、小学校五年生の娘さんを筆頭に、三人の子供がいる。もともとは、公務員の奥様で、広島に住んでいたんだとか。でも、旦那さんの暴力がすごくて、子供たちを連れて着の身着のまま夜逃げ、熱海に来たらしい。そのときで、三十六歳。結構いい歳だったから、働き口もなかなかなくて、観光組合の窓口でおいおい泣いていたところに来たのが、うちの置屋のおかあさん。そのまま泣きついて、芸者になったんだとか。公務員の奥様から芸者。こういう転身は、熱海(ここ)では珍しくもない。いろんな過去を持っている人が、熱海には沢山いる。もちろん、わたしもその一人。

そうそう、先月、おもしろいことがあってね。

紅吉姐さんの上の娘さんが、「芸者って女郎(じょろう)のことなんでしょ」って。「学校の先生が、そう教えてくれたよ」って。

なんでも、〝農兵節(ノーエ)〟というのを学校で習ったらしい。で、その歌の中に〝女郎〟という歌詞が出てきて、娘さん、先生に質問したんだとか。「女郎ってなんですか」

って。そしたら、「芸者みたいなもんだよ」って。

それを聞いた姐さん、ものすごく怒っちゃって、学校に怒鳴り込みに行った。なんだかよく分からないけど、わたしも付き合わされた。

「芸者は、芸を売るのが商売。女郎と一緒にするなんて、許せない」

そう啖呵を切る姐さんと、そのうしろできょとんと成り行きを見つめる娘。娘にしてみれば、自分の母親がなんでそんなに怒っているのかまるで分からないって様子だった。そりゃ、そうだ。あの子、女郎がどういう商売なのか、知らないんだから。本来なら、そこから説明しないといけないのに。

でも、正直、わたしもこの商売をはじめるまでは、芸者と女郎の区別なんてついてなかった。……ここだけの話、芸者もそういうことをするもんだと思っていた。

あら、いやだ。そんな話じゃなかった。なんの話だった?

そうよ、雀ちゃん。

「でも、初音ちゃん、東京に遠出するようなこと、言っていたじゃない」と、相変わらず、しつこい。「私、先週の日曜日に、初音ちゃんを見た気がするのよ、熱海駅で」

「だから、初音ちゃんは、その日は――」小さい子供に言い聞かせるように紅吉姐さん。

なのに、雀ちゃんは、さっきから紅吉姐さんとまったく目を合わさない。今日は、なにか変だ。そりゃ、もともとソリが合わない二人、でも、普段はお付き合い程度の会話はしている。それなのに、今日は、挨拶すらしない。雀ちゃんたら、この世に紅吉なんていう女はいないというように、まるっきり、無視している。

「でも、私、絶対、熱海駅で見かけたわ。夕方の四時頃、初音ちゃんを」などと、明後日のほうを見ながら、独り言のようにつぶやき続ける雀ちゃん。

「夕方の四時？」紅吉姐さんも負けてない。私はここにいるわよ、とばかりに、雀ちゃんの視線を追いかける。「雀ちゃんこそ、そんな時間に熱海駅だなんて、どこに行ってたのよ？」

「私のことはどうでもいいじゃない！」

雀ちゃんが、ようやく紅吉姐さんのほうに体を向けた。その顔は、うっすら興奮している。

なるほど。雀ちゃん、他の男とどこかに行っていたんだ。

雀ちゃんたら、若い男に入れ込んでいる。N旅館の板前さん。まあ、確かに、ちょっといい男だけど。でも、危険なお付き合い。

だって、雀ちゃんには旦那様（パトロン）がいるんだから。旦那様にバレたら大変なことになる。だって、雀ちゃんの旦那様、……とある組の幹部さん。顔は優しそうだけど、ずいぶんと怖いことをしてきた人。バレたら大変なことになる。雀ちゃんが、熱海いちの売れっ子芸者でいられるのも、熱海いち高いマンションに住めるのも全部その人のお陰。今年のお正月に着た着物なんて、五百万円だって。もちろん、その人が用意した。わたしなんか、まだまだ着物なんて作れない。今年のお正月だって、お下がりだった。椿(つばき)の付け下げ。

あ。いやなことを思い出した。

先週、椿の付け下げをお座敷に着ていったら、他の芸者衆にすごく叱られた。季節が違うって。わたし、馬鹿だから、本当に知らなかった。六月に椿はいけないんだって。

「柄以前の問題よ。そもそも、六月に袷(あわせ)だなんて、信じられない」

何を着てもいいんじゃない？　って思うんだけど。だって、その日は寒くて、単(ひとえ)なんて着てられなかった。なのに、「これだから、コンパニオン上がりは」なんて、散々苛(いじ)められて。芸者にとって、コンパニオンは敵(かたき)みたいなもの。コンパニオンのせいで、芸者の仕事が激減したかららしい。でも、わたしが客の立場だったら、断然コンパニオンのほうがいい。だって、安いし、若いし、ノリもいいし。芸者はいろいろと面倒。玉代(ぎょくだい)は高いわ、踊りも三味線もつまらないわ、なにより、年増ばかり。わたしも、できればコンパニオンをずっとやっていたかった。でも、三十を過ぎたら、お払い箱。だから、芸者に転身したんだけど。

思い出した。

そのとき、あまりにネチネチとやられたもんだから、わたし、お座敷をおっぽり投げて泣いて帰ったんだった。

それでなくても、あなたに約束を反故にされて、すっかり落ち込んでいたものだから、とても混乱していた。いろんな感情が押し寄せてきて、次から次へと涙が湧いてきて。あんまり泣き続けたものだから、本当に具合が悪くなって、わたし、そのまま気を失うように寝てしまった。それが、先週の土曜日。稼ぎ時にお座敷をすっぽかすなんてどういうこと？　って置屋のおかあさんから電話がかかってきたところまでは覚えているんだけど、わたし、そのまま気を失ってしまったみたい。

……長い長い、夢を見ていた。本当に、変な夢。

わたし、いつのまにか、牢獄にいた。断末魔の悲鳴があちこちから聞こえてきて、見ると、囚人たちが拷問を受けている。水を延々と飲まされて腹が異様に膨らんでいる人とか、水車にくくり付けられて体中を抉られている人とか、巨大な鉤で吊るされている人とか。……とても怖かった。そしたら、次の瞬間、わたし、知らない女の子と船の上にいて。その子と、コンピューターゲームのようなものをやっている。変なゲーム。将来の結婚相手を占うゲーム。変でしょう？　そしたら、次の瞬間、……そのあとは、ちょっと覚えていない。なにか、あなたの夢を見ていた気もするんだけど、気がついたら、紅吉姐さんが、わたしの顔をのぞき込んでいた。

「様子がおかしいから、日曜日の午後、初音ちゃんのアパートまで行ってみたのよ。そしたら、ドアが開いていて。初音ちゃんたら玄関先で倒れていたから、本当に驚いた」

　紅吉姐さんが、その日のことを雀ちゃんに説明する。「そう、夕方の四時ちょっと過ぎよ。だから、その時間に初音ちゃんが熱海駅にいるのはおかしいわ」

「そ。分かった。じゃ、人違いね」と、雀ちゃんはようやく折れてくれた。「でも、……」口を尖(とが)らせながら、雀ちゃん。その表情は、まだ納得していない。

「そういえば」

　唐突に、誰かがつぶやいた。見ると、美容師のノリコちゃん。まだ若いけど、とても腕がいい。彼女にセットしてもらうと、どんなに傷んだ髪も、艶やかに仕上がる。なにより筋目が芸術的で、まるで、川の流れみたい。

「私、アパートの近くで、初音姐さんを見ました、今週の火曜日」

　ノリコちゃんとは、アパートが同じだ。来宮駅から歩いて十五分の、アパート。ノリコちゃんが二階で、わたしが一階。

「朝の八時頃だったでしょうか。ゴミを捨てに外に出たら、初音姐さんが、歩いていて」

嘘よ、そんなの、全然覚えてないわ。

「声をかけようかとも思ったんですけど、ゴミ収集車が来ちゃって、そっちに気をとられちゃっている間に、見失ってしまいました。あの方向だと……、来宮神社にでも行ったのかしら」

本当に覚えていないわ。第一、そんな朝早くに起きているはずないじゃない。なのに、「来宮神社といえば」と、紅吉姐さんまで。ハンバーグ定食をぺろりと平らげた姐さんは、パセリだけを皿に残して、箸を置いた。「私も、初音ちゃんを来宮神社で見かけたわよ。一昨日（おととい）の夕方、五時過ぎだったかしら」

嘘。それも、全然、覚えてないわ。

ノリコちゃんも、紅吉姐さんも、わたしに似た人を見かけただけに違いない。うん、絶対、そう。だって、世の中には、そっくりさんが三人はいるというじゃない？　わたしの場合、その一人は、女優の中野良子（なかのりょうこ）。あなた、言っていたじゃない、中野良子に似ているねって。はじめて会ったときのことよ。あなたは会社の慰安会、わたしは二度目のお座敷。緊張して失敗ばかりのわたしを、あなたは、いろいろと励ましてくれた。そして、言った。「君、中野良子に似ているね」って。……まさか、ただのお世辞だったの？　わたし、女優さんに似ているって言われたの初めてだから、ものすごく嬉しかったんだけど。嬉しすぎて、その日は眠れなかったほど。ずっと、鏡を見ていた。ああ、確かに、中野良子にちょっと似ているかも。

ね、みんなはどう思う？　わたし、中野良子に似ているかしら？

ね、紅吉姐さん、どう？

「いやだ、もうこんな時間」紅吉姐さんは、口元のデミグラスソースを指で拭（ぬぐ）うと、慌（あわただ）しく立ち上がった。「じゃ、私はこれで。そろそろチビたちが学校から戻ってきちゃう」そして、レジに立ち、一万円札を財布から抜き出した。

もう、紅吉姐さんたら。

ね、わたし、中野良子に似ているかしら？

「あの噂は本当かな」

紅吉姐さんが出て行くと、それまでずっとおとなしくノリコちゃんに髪を委ねていた小菊ママが、ようやく、起きた。

ほら、一度、連れて行ったことあるでしょう？　スナック〝小菊〟のママ。もとは芸者で、五年前にスナックを開いたんだけど、なかなか大変そう。借金を抱えている上に、赤字続きらしい。なのに、ママったら、高性能のカラオケシステムなんか導入しちゃって、ますます赤字を増やしている。いつだったか、「私、ホテルの掃除のバイト、しようかしら」なんて言っていたけど、あれは冗談ではない感じだった。もしかしたら、すでにやっているのかも。だって、最近、ちょっと疲れ気味。今日も、椅子に座ったとたん、眠ってしまった。でも、ノリコちゃんが仕上げの整髪剤を手にすると、スイッチが入ったおもちゃのように、途端にいつもの饒舌(じょうぜつ)がはじまった。

「噂って?」

ノリコちゃんが問うと、小菊ママは、待ってましたとばかりに唇を嘗(な)めた。

「紅吉ちゃん、学校の先生とね……できているらしいわよ」

店内の空気が、一瞬、歪(ゆが)んだ。レジ前で支払いをしていた雀ちゃんが、吸い寄せられるように、振り返る。そして、待合スペースの椅子に腰掛けると、再び名古屋帯から扇子を引き抜いた。そして、言った。

「学校の先生って?」

「本当に、ここだけの話にしてほしいんだけど」ママは、もったいぶるように、一度、話を止めた。そして、鏡の中の自分に話しかけるように、つぶやいた。

「いつだったか、うちの店にＤ小学校の先生とＰＴＡの人が飲みに来たことがあるんだけどね。そのときに、教えてもらったんだけど」

ノリコちゃんの手が止まり、雀ちゃんの体が前のめりになる。

小菊ママは、話の盛り上げ方が見事だ。どんなに些細(ささい)なことも、昼ドラのような波乱万丈な話にしてしまう。だから、ついつい、夢中になってしまう。わたしも、身を乗り出した。

「相手は、娘さんの学校の――」小菊ママが、たっぷりと間を置く。ノリコちゃんと雀ちゃんの首が、これ以上ないというほど、小菊ママに向かって伸びている。わたしも、さらに体を乗り出した。

「教頭先生らしいわよ」

小菊ママの小鼻が、ひくひく蠢く。だけれど、ノリコちゃんと雀ちゃんの好奇心は、少し、冷めたみたい。だって、あんまりもったいぶるから、もっともっと意外性のある人かと思った。

それにしても、なんで、教頭先生と?

「ほら、いつだったか、紅吉ちゃん、学校に怒鳴り込んだことがあったでしょう? そのとき、対応に出たのが教頭らしくてね」

ああ。あの男。あの、ひょろりと細長い、岸田森似の、あの男ね。PTAと校長と先生たちに挟まれて、日に日に痩せ細っているという雰囲気の、笑顔の中にルサンチマンをたっぷり隠し持っているような、顔色の悪い男。……ああいうのが好みなのね、紅吉姐さんは。わたしは、岸田森は、ちょっと苦手。

「でも、教頭先生、結婚しているんじゃない?」ノリコちゃんが、小菊ママに整髪剤を吹きつけながら、言った。噴霧の中、ママが咳き込みながら、頷く。

「だったら、不倫じゃないですか」

まあ、一般的には不倫だ。でも、家庭がある人と懇ろになるなんてことはこの商売にはつきもの。驚くほどのことじゃない。それでも、小菊ママにとっては、とっておきのスクープ。芸能レポーターよろしく、好奇心に満ちた笑みを浮かべる。

「今日だって、今から会うんじゃない？　来宮駅前の、喫茶店。あの店が、二人の逢引場所みたいよ。しょっちゅう、目撃されているみたい」

「そんなところで会っていたんじゃ、逢引にもならない。それとも、隠す気もないのかしら」

舌打ちしながら、雀ちゃん。財布から一万円札を抜き出し、それをレジに置くと、颯爽と店を出て行った。

お釣りをもらうのは芸者の恥、それが彼女の信条だ。雀ちゃんは、タクシーでワンメーターの距離に行くときでも、一万円札を出す。そして、絶対、お釣りはもらわない。わたしには、到底、できない芸当。雀ちゃんだから、できる。だって、雀ちゃんの実入りは、わたしのうん十倍だ。今、彼女が着ている普段使いの小紋だって、百万円は下らない。なのに、一、二回着ると、すぐに誰かに上げてしまう。わたしも、雀ちゃんから、三枚ほど、もらった。でも、どれもあまり好きな柄ではないんだけど。

雀ちゃんの趣味は、ちょっと奇抜だ。バタ臭い顔の雀ちゃんだからこそ着こなせる、ちょっとシュールな色使い。わたしが着たら、猿回しの猿になってしまう。

「雀ちゃん、相変わらず、見栄っ張りね」

雀ちゃんが店から出て行くと、小菊ママが、鏡の中でつぶやいた。

「あの子だって、かつかつなのに」

どういうこと？

「あの子、浮気がバレて。極道の旦那から手切れ金を要求されているのよ。確か、二千万円」

二千万円！　これだから、極道は怖い。二千万円だなんて、わたしだったら……とても無理。

「でも、手切れ金さえ払えばきれいに縁が切れるんだから、一般人の切った張ったよりは、さっぱりしたもんよ。殺されることもないしね」

殺されるなんて……物騒な。

「仮に、雀ちゃんが殺されたとしても、背中の刺青ですぐに身元は判明するけどね」

雀ちゃん、刺青を？

「そ。牡丹の刺青。でも、大丈夫よ。手切れ金さえ払えば、そんなことにはならないわ。面倒で怖いのは、一般人の痴情のもつれ。下手したら、殺されちゃうもの。ノリコちゃんも、気をつけないと」

「え？　私ですか？」ヘアピンを咥えながら、ノリコちゃん。「私は大丈夫ですよ。そんなドロドロな恋愛なんてしたことないし」

「自分ではそう思っていても、相手がドロドロかもしれないでしょ。恋愛で一番怖いのは、その温度差よ」

「まあ、確かに」

「それに、知らず知らずのうちに三角関係になっている場合もあるから、そういうときは、要注意よ。最近もあったじゃない、男の奥さんに、愛人が殺されるって事件」

「ああ、ありましたね。妻が、夫の愛人をバラバラにしちゃったんですよね」言いながら、ノリコちゃんはピンをひとつひとつ、髪に留めていく。「なんか、一般人のほうが、よほど、怖いですよね」

本当に、そうね。人って、……怖いわね。

＋

事件が起きたのは、それから一週間ほど経った頃。

錦ヶ浦付近でサザエをとっていた二人の中学生が、血相を変えて交番に駆け込んだ。

あの辺はサザエがよく肥えていて、地元住民の秘密の漁場。

錦ヶ浦といえば、自殺の名所じゃないかって？　そう。だから、サザエが肥えているの。

でね、その辺りでは、死体の一部がよく発見されるらしい。その日も、中学生たちが泳いでいたら、何かが絡みついてきたんだとか。はじめは、海草だと思ったらしいんだけど、違ってた。人間の手だった。死体だった。

波間に漂う、牡丹の花。

「とても、信じられない。まさか、あの子が」

いつもの美容院、でも、客の顔はみな、青ざめている。どの髪も艶がなく、しなだれている。

「まさか、雀ちゃんが」カラーリング真っ最中の小菊ママが、呻(うめ)くように吐き出した。「……手切れ金が払えなかったのかしら。それで……」

「違うと思います」

カラー液を調合しながら、ノリコちゃん。そして、少し間を置いた後、言った。

「……私、犯人、知っているかも」

どういうこと？

「雀姐さんの一万円札」

「一万円札が、どうしたの？」鏡越しに、小菊ママがノリコちゃんを見上げる。

「雀姐さんの一万円札、赤い染みがついていたことがあるんです。たぶん、バッグかなにかが色落ちして、それが移ってしまったのかと」

あ、扇子。そうよ、雀ちゃんの扇子にも、赤い染みがついていた。模様だとばかり思っていたけど、あれは、染みだったんだ。

「その染みが、まるでハートのようにきれいな形だったので、雀姐さん、面白がってました。そして、縁起物だって言って、それは使わずに、バッグにしまったんです」

「それで？」

「そして、先週。レジの精算をしていたら、ハートの染みのついた一万円札がでてきたんです。私、てっきり、雀姐さんが払った一万円札だとばかり」

「違ったの？」

「デミグラスソースの染みも付いていたから、……」

デミグラスソース？　え、ということは――。

「そうです。紅吉姐さん」ノリコちゃんは一呼吸置くと、声を潜めながら、だけれど、しっかりとした口調で言った。「紅吉姐さんが支払った、一万円札だと思うんでいたんです」

「ですから、もともとは雀姐さんが持っていた一万円札を、……紅吉姐さんが持って

す」

「つまり、それって、どういうこと？」

カラー液を小菊ママの白髪にたっぷりと塗りつけながら、ノリコちゃん。その手際は相変わらず見事だけど、どことなく、震えている。ミルクティー色の液がぴしゃりと撥ね、小菊ママの額を汚す。

「つまり……」額の汚れもそのままに、小菊ママの目玉が上下左右に慌しく動く。「雀ちゃんが持っていた一万円札が、回りまわって、偶然、紅吉ちゃんに渡ったってこと？」

「それは、ないと思います。だって、一万円札ですよ？　人から人を転々とするなんてこと、あまりないじゃないですか。お釣りで使えないんですから。千円札とか五千円札なら分かりますけど」

「それも、そうね」小菊ママが、いつものように、唇をぺろりと嘗めた。「じゃ、雀ちゃんが紅吉ちゃんに貸したとか？」

「それもあるかもしれないですけど」

「まさか、盗んだ？」

「さすがに、それは」ミルクティー色の液が、また、撥ねた。

「じゃ、なに？」

「雀姐さんがある人に一万円札を渡して、その人が紅吉姐さんにその一万円札を渡した」

「ある人って？」小菊ママの小鼻がひくひく動き、その目が、爛々と輝く。小菊ママの額は、すでにミルクティー色塗れ。でも、そんなのは全然気になってない様子で、ひたすらノリコちゃんの口元を注目している。「ねえ、だから、ある人って？　誰？」

「誰に渡したかは、分かりませんけど。ただ……」

ノリコちゃんはカラー液をワゴンに置くと、ガーゼをつまみあげた。そして、いまさらながらに、小菊ママの額を手当てする。小菊ママは、そんなのはいいから早く続きを、といわんばかりに、唇を嘗め続ける。ノリコちゃんは、それに応えるように、再び、カラー液を手にした。

「雀姐さんが一万円札を渡すぐらいですもの、深い仲の人なんじゃないですか？　きっと、『ハート形の模様がついた、縁起物よ』とかなんとかいって、渡したんじゃないかと」

あ、もしかして、雀ちゃんの新しい恋人？　板前の……。

「そう。恋人である確率が高いですよね」

「なるほど」深く頷きながら、小菊ママ。いつもなら舟漕ぎがはじまる頃なのに、今日はまったくそんな気配はない。それどころか、目が冴えて仕方ないという感じで、唇を嘗め続ける。

「雀ちゃん、ああ見えて尽くすタイプだから、男に貢いでいたのかもね。……あ、ちょっと待って。じゃ、雀ちゃんが上げた一万円札を、その男は紅吉ちゃんに？」

「たぶん」

「あら、いやだ」小菊ママの唇が、下品に歪む。「男が一万円札を女に上げるってことは、それは……」

「紅吉姐さん、もしかして、体を売っていたのかも」

ノリコちゃんが、あまりにはっきりとそういうことを言うものだから、小菊ママの唇は、強張った。

カラー液を髪に塗りながら、ノリコちゃんは続ける。

「噂の教頭先生だって、実は、お客さんなんじゃないでしょうか」

さすがの小菊ママも、苦笑を浮かべるのがやっとという雰囲気。でも、しばらくすると、今度は、小菊ママがこんなことを言った。

「ああ、そういえば。一昨日だったかしら、うちの店に雀ちゃんが来たんだけどね」

そして、唇を改めて嘗めると、一気にまくし立てた。

「雀ちゃん、変なことを言っていたのよ。『紅吉さんの着物。オミナエシだなんて、どういうつもりかしら』って。はじめは、季節が違うってことかしら？　って思ったんだけど。後でふと、気づいたの。オミナエシって、〝女郎の花〟って書くのよね。本人、知らずに着ているだけかもしれないけど。……皮肉よね」

紅吉姐さんが小学校に怒鳴り込んだことは、語り草となっている。芸者と女郎を一緒にするな。そう言いながら、女郎花（おみなえし）の着物を着ている紅吉姐さん。……本当に皮肉だ。

「その後よ、紅吉ちゃんも店に来たの。雀ちゃんたら、よせばいいのに、『そのジョロウバナ、とてもお似合いね』って、嫌味を飛ばしたのよ。紅吉ちゃん、顔が真っ青になってね。水を雀ちゃんにぶっかけた。そのあとはちょっとした喧嘩になって。他のお客に迷惑だから、二人とも帰ってもらったんだけど。……でも、あのままで済むわけもなく」

「たぶん、喧嘩は続いたんでしょうね。雀姐さん、一万円札のことも持ち出したのかも」最後のカラー液を塗りつけると、ノリコちゃんは、ひとつ、大きく息を吐いた。

小菊ママは、ミルクティー色の塊のような頭を少し傾けながら、言った。

「ノリコちゃん。あなた、赤い染みがついた一万円札を紅吉ちゃんが持っていたこと、雀ちゃんに話したの？」

手袋をはずしながら、ノリコちゃんが、ゆっくりと頷く。

「……はい。私、つい、話してしまったんです。それを聞いた雀姐さん、紅吉姐さんのことを〝女郎〟と言ってました。あの調子じゃ、たぶん、本人にも〝女郎〟と罵ったんじゃないでしょうか。それに怒った紅吉姐さんが、衝動的に」

「じゃ、雀ちゃんを殺した犯人は、紅吉ちゃんってことなの⁉」ミルクティー色の頭が、大きく跳ねる。

でも、ノリコちゃんは応えなかった。ただ、カラー液の刺激臭が、部屋の中を漂うだけ。

太鼓の音が聞こえる。お祭りの練習だ。この時期になると、あちこちから太鼓の音が聞こえる。正直言って、単調なその音は、ひどく癇に障る。それに、時々リズムが狂うものだから、その度にイライラする。ほら、また、狂った。これをやられると、本当に、イライラする。

そんな中、そこにいた人はみな同じことを考えていた。

紅吉姐さんが、雀ちゃんを、殺した。

＋

その二日後、紅吉姐さんは、逮捕された。そして、事件の顚末が明らかになった。

事件当日。人気のない海岸通りのテトラポッド、深夜の三時頃。スナック〝小菊〟を追い出された雀ちゃんと紅吉姐さんの喧嘩はなおも続いていた。そして、ノリコちゃんの予想通り、雀ちゃんは紅吉姐さんを侮辱した。「女郎」って。

激昂した紅吉姐さんは、衝動的に雀ちゃんの首をしめた。気が付いたら、雀ちゃん、海に落ちていたんだって。紅吉姐さん、怖くなって、そのまま逃げたらしい。死体は潮に流されて、錦ヶ浦付近まで運ばれた。

「やっぱり、紅吉姐さんが、犯人だったんですね」

ノリコちゃんの視線が、ふと、宙をさまよう。そして、それは、わたしの視線をよぎった。

「紅吉姐さん、〝女郎〟という言葉に敏感だったのも、自分がまさに女郎の真似をしていたからなんですね」

ノリコちゃんの声が震える。「私、なんで、赤い染みがついた一万円札のこと、雀姐さんに話してしまったんだろう。私があんなことを言わなかったら、こんなことには。私が余計なことを言ったばかりに、雀姐さんも紅吉姐さんも……」

「気にしちゃ、駄目よ」

小菊ママが、ノリコちゃんの背中を軽く、叩く。「あなたは、なにも悪くないわ」

「本当ですか？　私、悪くないですか？」

よくもまあ、そんなことが言えるわね、ノリコちゃん。

わたしは、いよいよ黙っていられなくなって、ノリコちゃんの前に立ちはだかった。

本当のことを言いなさいよ。

赤い染みがついていた一万円札を持っていたのって、ノリコちゃん、あなたでしょ。

そうよ、わたし、見たんだから。銀行で、入金しているあなたのことを。あなたがお財布から出した一万円札には、確かに赤い染みがついていた。それを見ていたのは、わたしだけじゃなかった。雀ちゃんも、いたわよね？

「その一万円札、どうしたの？」

そう訊かれたあなたは、咄嗟に、紅吉姐さんのことを持ち出した。雀ちゃん、単純な性格だから、すっかりあなたの作り話を本気にした。そのときの雀ちゃんの青ざめた顔は、忘れられないわ。まさに、般若顔。雀ちゃんをあんな顔にしたのは、あなたじゃない。そうでしょ、ノリコちゃん。

あなた、夢は自分のお店を持つことよね？　そんなことをつぶやきながら、来宮神社の大楠の周りを回っていたのを見たことがあるわ。

ここにいたって、安い給料でこき使われるだけ、どんなに腕がよくても、お客がついても、稼ぎのほとんどはオーナーに持っていかれる。こんな搾取されるだけの人生なんて、まっぴら。だから、独立させてください。独立したいんです。

あなた、そうつぶやきながら、大楠を回っていた。

でも、独立には、お金がいるわ。

だから、あなた、自分の部屋で〝商売〟をはじめたんでしょう？　わたし、何度か、目撃しているのよ、あなたが、〝客〟を招き入れているところを。その〝客〟の中には、……旅館の板前さんもいたわ。そうよ、雀ちゃんの新しい恋人よ。

「紅吉姐さん、よっぽど、お金が欲しかったんですね。だからって……」

ノリコちゃん、あなた、まだ嘘をつくの？　そうやって、自分の罪を、全部、紅吉姐さんに押し付ける気？

女郎の真似をしていたのは、あなたじゃない。

あなたじゃない！

「……初音姐さんも、もしかして、紅吉姐さんに」

わたし？　わたしがどうしたの？

ね、わたしが、どうしたの？

「初音姐さんも、二週間前から、行方不明じゃないですか。最後に初音姐さんを見たのって、紅吉姐さんですよね？　確か、二週間前の日曜日。初音姐さんのアパートに行ったって」

「でも、その日は、雀ちゃんが」唇をいつものように嘗めながら、小菊ママ。「その日、雀ちゃん、初音ちゃんを熱海駅で見かけたって」

「それは、ただの人違いですよ」

「でも、ノリコちゃんも、アパートの前で見かけたって」

「今思えば、あれも、人違いだったのかも。だって、六月なのに、椿の着物を着ていたんで、てっきり、そうかと思ったんですけど。だって、そんな非常識なことをするなんて、初音姐さんぐらいしか考えられなかったから」

椿の着物が、どうしてそんなにいけないの？　柄がいけないの？　袷だからいけないの？　わたし、これ、とても気に入っているのよ、それに、こんなに寒いんだもの、単なんて着ていられないわ。

ああ、本当に寒いわ。もう、凍えてしまいそうよ。ねえ、暖房を入れてくれない？　本当に寒いのよ。

ねえ、ねえったら。

「本当に、初音姐さん、どうしたんでしょうね？　私、なんだか、とても、気になるんです。最近、うちのアパート、なにか変な臭いがするんです。もしかして、初音姐さんが……」

「部屋は、まだ、あのままなの？」

「はい。二週間前のまんまです。置屋のおかあさんが、もしかしたらひょっこり帰ってくるかもしれないからって、お家賃を立て替えているみたいです。……でも、無駄な気がするんです。私、思うんです。初音姐さん、もう、この世には……」

＋

ノリコちゃんは、腕はいいけれど、嘘つきなところがいけないわ。あることないこと言いふらすのも、どうかと思う。

そんなことより、ね、あなた。来週は、お祭りよ。来てくれるでしょう？

二週間前は、あなた、飛んできてくれたじゃない。そうよ、あなたがドタキャンした日曜日。わたし、ずっと泣いていたのよ。泣いて泣いて、何度も電話を入れたわ。あんまり淋しくて、悔しくて、だから、あなたのところに行くなんて、駄々をこねた。そしたら、あなた、その日の夜、来てくれた。車を飛ばして、来てくれたわ。

本当に、嬉しかった。なのに、あなた、わたしの首に手を回して。……大丈夫よ、そのことは、もう怒っていないわ。あなた、ちょっと、疲れていただけなのよ。本当よ、わたし、ちっとも怒っていないの。だから、お祭りには、来てね、そして、一緒に来宮神社に行きましょうね。

きっとよ。

きっとよ。

ジョン・ドゥ

井の頭恩賜公園

都会の人間は他人に無関心だ。強姦魔に襲われたら「火事だ！」と叫べという。
「助けて！」と叫んでも誰も来てくれない。

（「セブン」監督：デビッド・フィンチャーより）

1

パワースポット？

電話の向こう側、俊夫の声が、聞き返す。だから私も、齧りかけのクッキーをデスクの端っこに置くとちょっと強い調子で、もう一度言った。

「そう、パワースポット。今、流行っているでしょう？」

「ああ……、明治神宮のなんとかの井とか？」

「清正井。それは、先週行ってきたんだけど、すごい行列だった。ゴールデンウィークってこともあったのかもしれないけど。それにしても、アレね。明治神宮に一人で行くもんじゃないわね。周りはカップルだらけよ。結婚式も何組か見た。まったく、ゴールデンウィークに、ひとりで明治神宮だなんて、シャレにもならない」

私は、せっかくのゴールデンウィークをひとりで過ごさなくてはならなかった愚痴を、それとなく零した。

「……で、なんで、パワースポット？」

「仕事よ、仕事。〝隠れたパワースポットを訪ねる〟とかいう企画。って言ってもね」

私は、こっそりと、ため息を吐いた。取材費はこちら持ちだ。あまり、遠出はできない。できれば、近場で。

パソコンのディスプレイには、あちこちから集めた世界のパワースポットが表示されている。

アメリカの「セドナ」、オーストラリアの「エアーズロック」、カンボジアの「アンコールワット」、ペルーの「マチュピチュ」、アイルランドの「ニューグレンジ」、ギリシャの「パルテノン神殿」、フランスの「モン・サン＝ミシェル」、トルコの「カッパドキア」

……ああ、どれも無理。とても、無理。まったく、無理。

これが十年前なら、もしかしたら出版社の経費で行かせてもらっていたかもしれないけど、出版暗黒時代のご時世、そんな大盤振る舞いがあるはずもなく。それに、編集サイドも、海外のパワースポットなど期待していない。

「読者が気楽に行ける場所をお願い」

今の読者は、昔ほど海外には興味はないのだという。無理して海外に行くよりは、安心、安全、そしてローコストで行ける場所が人気だという。

なにか、少し、淋しい気もする。未知の国に行くあの好奇心と冒険心は、どこに行ったのだろう。あの、ドキドキワクワクは。

という自分も、九年前、卒業旅行でシンガポールに行ったきりだ。そのとき買ったサーモンピンクのスーツケースは、あれきり使ってない。すっかり衣裳箱に成り果てている。そのとき作ったパスポートも、今年いっぱいで切れる。ああ、せめて、あともうひとつぐらい、入国のスタンプが欲しかった。シンガポールだけでは、つまらない。

あ、カンタベリー大聖堂。

私は、ディスプレイを改めて眺めた。

カンタベリー大聖堂も、パワースポットなんだ。

そういえば、卒論のテーマは、チョーサーの「カンタベリー物語」だった。映画「セブン」に出てきた本だったので興味を持ったのだが。……それにしても、あの映画は、グロかった。特に、大食（GLUTTONY）の罪で殺された肥満男。強制的に大量の食べ物を食べさせられて、内臓破裂で死亡――。

「来宮神社は？」

電話の声が、いきなり、そんなことを言った。頭の中は銀残し現像の残虐死体が大写しになっていたのに、来宮神社。みごとに、現実に引き戻された。

「来宮神社って、熱海でしょう？　もっと近場でないかな？　できれば、都内」

ある。

「じゃ……、井の頭公園は？」

「井の頭公園って、パワースポットなの？」

パワースポットというより、どちらかというとミステリースポットのイメージがある。

……なんでだろう。

「事件とか、あったからじゃない？　十五年ぐらい前に」

「事件？」そんなの、あったっけ？　十五年前といったら、中学三年生。受験でいっぱいいっぱいの頃だ。仮になにか事件があったとしても、気に留める暇もなかった。どんな事件？と聞き返そうとしたとき、俊夫が一瞬早く、言葉を差し込んできた。

「若い子たちの間では――」

少しだけ、イラっとする。なのに、俊夫はのんびりと続けた。

「井の頭公園の弁財天が、パワースポットだって言う人もいるみたいだよ」

弁財天？　そういえば、井の頭池のボートにカップルで乗ると、弁財天の嫉妬で別れるっていう噂もなかった？　いわゆる、破局スポット。

……でも、まあ、ちょっと行ってみようか。パワースポットでなくても、パワースポットだって紹介すれば、パワースポットになるもんだ。実際、はっきりした定義なんてないんだし、世界遺産のように認定制でもないんだし。

うん、なら、善は急げ。井の頭公園なら、ここから電車で一時間もかからない。ちょっと近場過ぎる気もするけど、このご時世、しかたない。節約、節約。

「なら、今から、行ってみる」私が言うと、

「え、今から？」と、俊夫が慌てた調子で返した。

「うん。まだ、お昼過ぎだし、今から行っても、充分、取材できるでしょう。じゃ」

そして、私は、電話を切った。

あれ？ 俊夫と、なにを話していたんだっけ？ 向こうから電話があったけど、なにか用だったのかな？

まあ、いいや。

＋

「え？ 今から？」

電話の声は少し戸惑っていたが、すぐに明るい調子に戻った。「うん、いいよ。今、どこ？」

「新宿。今から、中央線に乗るところ」

「じゃ、三十分ぐらいで着くね。私も、そのぐらいで行けると思う。丸井の前で、待ってて」

電話の相手は、ユカリさん。ネットで知り合ったメル友だ。歳は十も上の四十歳だが、歳の差は感じない。私が老けているのか、それともユカリさんが若いのか、いずれにしても、並んで歩いていても同世代の友人のようだ。

ユカリさんとはひどく気が合う。こちらの都合で電話をかけてもいつでも快く相手をしてくれるし、私のほうも、どんな時間にユカリさんから電話がかかってきても決して嫌な気分にはならない。要するに、タイミングが合うのだ。これは、相性の問題だろうか。

一方、俊夫とはまるきりタイミングが合わない。いつだって最悪のタイミングで、電話がかかってくる。だから、いつも喧嘩腰。さっきだって、パソコンで検索しているときに、電話がかかってきた。なぜ、今なのよ？　と、つい、言ってしまった。

「昼休みだからだよ」と俊夫が弱々しく言い訳する。「こっちは、仕事中だったのよ」

でも、今日は、喧嘩にならなくてよかったけど。それに、「井の頭公園」というキーワードまでくれた。

井の頭公園といえば、吉祥寺、そして三鷹。先月の四月、三鷹に引っ越したという連絡があったユカリさんに、会う口実ができた。

「じゃ、三十分後」

「うん、じゃ、またあとで」

電話を切るタイミングも、ぴったしだ。やっぱり、ユカリさんとは気が合う。

ホームに、中央線の下りが滑り込んできた。平日の昼間なのに、まるでラッシュ時のように混んでいる。新宿で何人かは降りたが、それ以上の人数が、乗り込む。一本、見送る？　とも思ったが、三十分後には吉祥寺の丸井前にいなくてはならない。私は、ドアが閉まるギリギリで、飛び乗った。

あ、席が空いている。そこだけ、ぽっかりと。誰も座らないの？

だったら、私が。駆け寄り、座った途端、「どりゃぁ！」という怒声が響いた。「仁義なき戦い」のテーマでも流れてきそうなドスのきいた声に、私の体は、縮み上がった。

「この、クソガキが！」

怒声は、すぐそこから聞こえた。見ると、黒いスーツ姿の屈強な男が四人、私の隣に座っている。まさに、仁義なき戦いな男たちだ。……だから、みんな、この席を避けていたんだ。なのに、私ったら、まんまと自ら、飛び込んでしまった。

ああ、どうしよう、どうしよう、息を止めて、小さく小さく体を丸めて、固く目を閉じる。死んだ振り、死んだ振り。

「おりゃ、クソガキ！」

薄目を開けて見てみると、四人の中でも最も凶悪そうなスキンヘッドの男が、斜め前に座るホスト風の若い男性の前に立ちはだかっている。ホスト男は寝た振りをするも間に合わず、スキンヘッドにその赤いジャケットの胸倉をつかまれる。

「お年寄りに席を譲るのがマナーだろうが！」

見ると、ホスト男のすぐ横に、老人がよろよろと立っていた。老人も、吊り革につかまりながら咄嗟に寝た振りをはじめる。が、スキンヘッドはホスト男を無理やり立たせ、老人をその席に押し込んだ。それを合図に他の三人も一斉に立ち上がり、ホスト男を取り囲む。

「マナーを知らんのか、クソガキが！」

「教えてやろうか、クソガキが！」

「ここで降りろ、クソガキが！」

そして、赤いジャケットのホスト男は、黒スーツ男四人に引きずられるように、次の駅で降りた。

ドアが閉まると、あちこちから「ほぉ」と安堵の息が漏れる。私も、肩の力を抜いた。

「人間って、極限状態に陥ると、本当に死んだ振りしちゃうんだね」

ユカリさんの姿を見たとたん、私は、挨拶もそこそこに今さっき体験したことを報告した。

「車内を見渡すと、みんな目を閉じて、下を向いているんだもん。なんか、笑っちゃった」

本当に、なにかのコントのようだった。みんなが、示し合わせたように、一斉に頭を垂れた。もちろん、私も。

「それにしても、男たちに連れて行かれたあの男の子、どうなったんだろう」

今になって、ちょっと心配になってきた。

……でも、大丈夫だよね？　ちょっと脅かされて、すぐに解放されたよね？　だって、お年寄りに席を譲れなんていうぐらいなんだから、そんなに悪い人たちじゃないよね？　でも。もしかして、最悪なことになっているんじゃ。ぼっこぼこにされて、コンクリートで固められて、東京湾に捨てられたりして。もし、そんなことになったら、見て見ぬ振りをした私は、どんな罪になるのだろう？　警察とかに呼ばれたら、どうしよう……。

しかし、井の頭公園に続く道に出たとたん、そんな心配は吹き飛んだ。狭い小道に大小のおしゃれなショップがひしめき合い、自然と心が浮き立つ。

道を歩きながら、ユカリさんは、近況をいろいろと報告してくれた。来年は長男の高校受験で、再来年は次男の高校受験、年子は大変だわ……とか、なのに、旦那の会社が経営不振で給料が下がってしまって、お先真っ暗……とか。

「だから、私もパートをはじめるのよ。週に三回。月水金」

「金曜日？　今日は、大丈夫だったんですか？」

「うん。仕事は、来週からだから。今日は全然大丈夫。むしろ、暇してた」

ユカリさん、前に会ったときより、なにか、さらに若々しくなったようだ。表情も晴れ晴れしている。心なしか、声のトーンも高い。

花柄のチュニックワンピースにお団子頭のユカリさんは、本当に年齢不詳。とても、中学生の子供がいるとは思えない。ちょっとだけ顎のあたりにお肉はついたみたいだけど、シルエットはアート系の学生といったところか。

「で、なんのパートですか？」

「うん、図書館」

「へー。ユカリさんにぴったりじゃないですか」

ユカリさんはハードな読書家だ。そして、小説家志望。

「今は、どうですか？　なにか、賞に応募してますか？」

「ううん」ユカリさんの声が曇る。「もう、諦めた」

少し、複雑な表情で、ぺろりと舌を出すユカリさん。そして、「真由美(まゆみ)ちゃんの彼氏は？」

「俊夫君ですか？　うん、今でも頑張っているみたいだけど。でも、ちょっと厳しいかな……。仕事が忙しいみたいで。このゴールデンウィークだって、結局、一日も会えなかったんですから。本当は、どこか旅行に行きたいねって言っていたのに」

「彼、市役所に勤めているんだっけ？」

「はい。公務員。なんか、サビ残が多いらしくて、辞めたい、辞めたいって、弱音ばかり。デビューできたら、絶対辞めてやるなんて言っているんですよ。そりゃ、今は安月給かもしれませんけど、公務員なんだもの、働き続けていればかなりの高給取りになるっていうのに。いっそのこと、小説なんて諦めて、仕事に専念してくれればと」

「あなたたち、結婚するの？」

「私は、そう思っているんですけど。あっちもその気みたいなんですけどね。でも、はっきり言ってくれないんですよ」

「デビューしたらって思っているんじゃない？」

「やっぱり、そうなんでしょうか。仮にデビューできたとして、専業作家できるようなご時世じゃないのに。私だって、実家にパラサイトしているから、どうにか生活できているのに。自活なんて、とても無理」

「そっか」ユカリさんは、つくづく、言った。「でも、プロになったのは、真由美ちゃんだけなんだから」

焼き鳥屋の煙が、もうもうと立ち込める。

「プロね……」私も、つくづく言った。

プロっていっても、無署名ライター。インタビューのテープ起こしが主な仕事。

「それでも、時々は、署名入りの仕事もあるんでしょう?」

まあ、ぼちぼちと。でも、やりたいことはできていない。コンビニ売り専用のムック本ばかりだ。この前は心霊スポット、その前は芸能界のタブー記事。正直、私には向いていない。このままこんな仕事ばかり続くようなら、中学校の教師にでも転身しようかと、本気で考えている。一応、国語の免許はとっておいた。

「それでも、真由美ちゃんはまだいいほうよ。目標達成組よ」懐かしそうに目を細めながら、ユカリさん。「……みんな、どうしているのかな」

去年まで、私たちは、とあるネットコミュニティに参加していた。読書好きや小説家志望が集まるコミュニティで、俊夫とも、そこで知り合った。しかし、管理人が忙しくなり、自然消滅。個人的な付き合いがある人以外は、音信不通となった。

「ネットの付き合いなんて、そんなもんだよね」

ユカリさんの足が止まる。井の頭公園に到着した。

「で、どうする？　どこを見る？」

「そうですね……」私は、公園をぐるりと見渡した。

風景だけを見れば素晴らしい郊外の公園。池の水面はきらきら輝き、新緑の中、ボートがのんびりと行き交う。

が、少し、臭った。池の状態が、あまりよくないのだろう。風が運ぶその泥水の臭いは、なにか、暗い物語を連想させる。

「なんか、十五年ぐらい前に、井の頭公園で事件があったとか」

私は、俊夫が言った「十五年前の事件」という言葉を思い出していた。結局どんな事件だったか回答を得ることなく宙ぶらりんの状態でここまで来たものだから、ふと、気になった。

「ああ」ユカリさんの声が、少し濁った。「十五年前か――」そして、あからさまに、顔を歪めた。

「ユカリさん？」

「そう、もう十五年なんだよね。だから、時効」

「え？」

「え？」ユカリさんが、今、目覚めたというような表情で、私を見た。「あ、ごめん、ごめん。ちょっと思い出したことがあって」

「なんです？　時効って？」

「うん。当時、私が住んでいたアパートでね、ちょっとした事件があったのよ」

「ちょっとした事件？」

「当時、私、ここから歩いて五分ぐらいのエステサロンで働いていてね」

「へー、エステティシャンだったんですか。初耳。ということは――」

私は、有名どころのサロンの名前をいくつか挙げていった。しかしユカリさんは、どの名前もゆっくりと首を横に振った。

「そんな大きなところじゃなくて、本当に小さなサロン。チェーン店も、五店舗ぐらいしかなかった。八王子店、立川店、町田店、所沢店、そして、ここ吉祥寺店」ユカリさんは、一呼吸置くと、体をくるりと西の方角に向けて、指を差した。「吉祥寺通りにある雑居ビルの六階。そこで働いていたんだ」

「今も、あるんですか？」

「もうずっと前に、会社ごと潰れたわ。当時のサロンも、今はサラ金屋が入っている」ユカリさんは、肩を竦(すく)めた。「で、そこに勤めていた十五年前の四月。当時、私は、ここからバスで二十分ぐらいの、国際基督教大学(こくさいキリストきょう)近くのアパートに住んでいたんだけど――」

2

夜の八時ぐらいだったかしら。

その日は早番で六時に仕事がハケて、駅前のスーパーで半額になったお弁当を買って、それを食べて寛いでいたの。そしたら。

ドアホンが鳴ったのよ。ドアスコープでのぞいてみると、スーツを着た男が二人、こちらを睨んでいる。一人は年配の男で、オールバック。その人のちょっと後ろに立つのは若い男で、スポーツ刈り。なにかいかにも怪しい雰囲気だったので、そのまま居ない振りをしようかとも思ったんだけど、

「警察です」

と、オールバックの男が、ドアスコープに一歩、近づいてきた。いきなりのどアップに驚いた私は、反射的に、ドアを開けてしまった。

「警察……？」

半信半疑の私に、二人の男は、同時に警察手帳を出した。二時間ドラマとかでよく見る手帳だけど、でも、ドラマとは少し違っていた。たぶん、ドラマはあえて少し変えているのかも、とは思ったものの、だからといって、目の前の手帳が本物かどうか

なんて判断できない。だって、偽造されたものだとしても、一般市民の私に、どう見分けろというの？

でも、あの二人は、本物だと思った。だって、オーラが違うもの。なんというか、堅気（かたぎ）じゃないって感じ。もっと言えば、ヤクザの人と似たオーラ。有無を言わせないその威圧感は、間違いなく、〝警察〟という組織に染まっている人だけが纏（まと）う空気。一般人じゃ、どうしたって、あんな空気は出せない。

でも、なんで、警察がうちに？

「少しお伺いしたいのですが」

オールバックは言った。「このアパートの前に白いセダンが停まっていたことはありますか」

え？　白いセダン？　セダンって、車のこと？　車にはとんと疎い私は、どんな車が停まっていようと、気にも留めない。だから、アパートの前に白いセダンが停まっていた記憶なんて、ひとつもなかった。っていうか、どんな車なのかも知らなかった。

なのに、私は、

「あ、はい。セダン、停まっていました」

と、オールバックの男に同調した。否定したり、知らないと言ったりしたらいけない雰囲気だった。

「なら、その車を、いつ、見ましたか？」

　車が停まっていた記憶がないんだから、そんなことに応えられるわけもなく、首を傾げていると、

「先週の月曜日ではないですか？」

　と、スポーツ刈りの男が、言葉を挟んだ。

「ああ、そうです、先週の月曜日……でしょうかね」

　もちろん、これも嘘。

　まったく、不思議な心理だと思う。どういうわけか、そのときの私は、「警察の人の言葉に従わなくてはならない、肯定しなくてはならない、いや、それ以上に、警察の人が喜ぶような回答をしなくてはいけない」という奇妙な義務感に駆られていた。一種の、誘導尋問なのかもしれない。なので、

「なら、その月曜日の夜、エンジン音が聞こえませんでしたか？」

　というオールバックの質問にも、私はもちろん「はい、聞こえました」と応えた。

　さらに、

「それは、深夜、零時から一時頃ではないですか？」

　と訊かれたので、

「はい、そのぐらいの時間だと思います」

と、私は即答した。

オールバックは満足だというように、にやりと笑った。しかし、すぐに真顔になり、

「ご協力、ありがとうございました。夜は物騒なので、あまり外出はなさいませんように」

と私に警告した。

「……なにが、あったんですか？」

私は、自分の〝務め〟が終わったことにホッとしたのか、逆に質問してみた。「なにか、事件でも？」

「ええ、……まあ」オールバックが言葉を濁す。「まあ、じきにニュースになりますから。それで、確認してください」

そして、二人の警官は軽く会釈すると、立ち去った。

しかし、それらしい事件のニュースはなかなか流れなかった。

警官がうちに聞き込みに来て一週間が過ぎた。

あれは、いったい、なんだったんだろう？　私は、パラフィンをかき混ぜながら思

った。

――パラフィンというのは、平たくいえば、蠟。蠟を溶かして、それをクランケ――お客の全身に塗るのよ。「パラフィンパック痩身」っていって、蠟を塗ったあと、ビニールとタオルでミイラのようにぐるぐる巻きにして、三十分間そのままにしておくの。

すると、まるでサウナに入ったときのように全身から汗が噴き出す。三十分後、パラフィンを剝がしたときに滴り落ちる大量の汗に、クランケのほとんどが、歓喜の声を上げるわ。汗と一緒に、毒素と老廃物も排出されたと思うのね。でも、デトックスの効果があるかどうかは不明だけど。

汗だと思われている水分だって、大半は、パラフィンパックそのものに含まれている〝水〟だもの。

そうなのよ、パラフィンパックは、百パーセント蠟ではなくて、〝水〟も含まれているのよ。ただの、水。だから、パラフィンを塗って蠟の部分が乾くと、水の部分が残るってだけの話。もちろん、そんなこと、クランケは知らない。勝手に〝汗〟と〝毒素〟だと思い込んでいる。そして、「ああ、すっきりしたわー」などと、ご満悦になる。

まあ、すっきりしたのは確かだろうけど。だって、三十分もがちがちに固められて、放置されるのよ？　そんな放置プレイから解放されたら、瞬間、ものすごい快感を味わえると思うわ。その証拠に、パラフィンパックは、クランケに結構人気があった。痩身コースを選ぶと、一回のパラフィンパックがついているんだけど、オプションで毎回リクエストするクランケも多かった。オプションだと、一回で一万円もするのに。

その日も、私は、馴染みのクランケにパラフィンを塗っていたわ。Rちゃんという Z女子高校の生徒よ。金持ち私立校に通っている、金持ちのお嬢さん。一年生の時からサロンに通っていて、そのときでもう三年生。丸二年も通っているのに全然体重が落ちなくて、私のストレスの元でもあった。

エステティシャンにとって、客の体重が減らないというのは、大変なペナルティなのよ。

だって、「金返せ」って言われるでしょう？　そういうクレームはひっきりなし。だから、私たちは、クランケにクレームを言われないように日々努力していた。月に一度は大学病院のお医者様を講師に呼んで、「クランケと上手に付き合う方法」なんていう講義まで受けていたのよ。

上手に付き合う方法の秘訣はなにかって？　まあ、それは、つまり、「円満な人間関係」。これさえ築ければ、たとえ、それが百パーセントこちら側のミスだったとしても、クランケはクレーマーにはならない。むしろ、「お骨を折ってくださって、ありがとうございます」と、感謝されるわ。

要するに、共犯関係にするのよ。「一緒に、ダイエットを頑張りましょうね」とか「二人で目標を達成しましょうね」とか、こちらがクランケに感情移入しているようにみせかけて、実は、クランケのほうをこちら側に感情移入させるの。それには、日頃からの会話が欠かせないわ。できるだけプライベートなことを話すのよ。そうすれば、クランケの中に、しだいに身内感覚が生まれてくる。

だから、私は、その日も、パラフィンを塗りながら、ごくプライベートな話を振った。女子高生が食いつく話題といえば、もちろん、恋の話。当時、私、付き合いだしたばかりの恋人がいて――今の旦那なんだけど、恋話(こいばな)には事欠かなかった。

でも、その日は、その子、ちょっと食いつきが悪かった。体重が増えたことが原因だと思う。心ここにあらずって感じで、空返事ばかり。ほんと、なんでこの子は、痩せないどころか太るんだろうか。たぶん、食事制限を守っていないのが原因。その日だって、制服のブラウスにチョコレートがついていた。

「そういえばね、先週、刑事さんがうちに聞き込みにきたのよ」

私は、試しに、そんな話題を振った。

「聞き込みですか？」Rちゃんは、ようやく食いついてきた。「なんの事件ですか？」

「ところがね。よく分からないの」

「どんなことを訊かれたんですか？」

「アパートの前に車が停まっていたか、とか、深夜にエンジン音はしたか、とか」

「ユカリさんのアパートって、三鷹ですよね？」

「うん」

「じゃ、もしかして、あれかも」

「あれって？」

「お昼のニュースに流れていた事件かも」

「お昼のニュース？　ということは、今日も学校、サボったの？」

Rちゃんは、しょっちゅう学校をサボっていた。一種の登校拒否症だったみたい。サロンに来るときは一応、学校の帰りですって感じの制服姿なんだけど、実際は、学校に行ってなかったみたい。男の子たちとつるんでいるRちゃんを駅前で見た、なんていう目撃情報もあったから、もしかしたら、悪い友達と遊び歩いていたのかも。

「駄目だよ、ちゃんと学校に行かなきゃぁ」私は、説教臭くならないように、あえて声のトーンを上げて冗談ぽく、諭した。

「ちょっと風邪気味だったから、午前中だけ休んだんですよ。午後からは、ちゃんと行きました」Rちゃんが、唇を尖らす。

「で、お昼のニュースがどうしたって？」Rちゃんの機嫌が完全に悪くなる前に、私は、話題を引き戻した。

「あ、そうそう。家を出るときに流れていたんですけどね、なんでも、三鷹のアパートで、死体がみつかったとか」

「三鷹の、どの辺？」

「確か……国際基督教大学の近くだって言ってました」

「え」

やっぱり、あの辺で事件があったんだ。だから、警察が聞き込みに。

「でも、ユカリさんの家に警察が聞き込みに来たのって、先週ですよね？」

「うん、そう。一週間前の今日」

「じゃ、一週間前には、死体が発見されていたのかな？　……でも、見つかったのは、今朝、みたいなことを言っていたけど」

「アレじゃない？　報道規制とかいうやつ」

「そうでしょうかね……」

その日は通しで、勤務時間は朝の九時から夜の九時の十二時間。

Rちゃんを見送ったときは、もう午後四時を過ぎていた。次のクランケは五時半。

ようやく、ランチ休憩に入れる。

私は小銭入れをポーチに仕舞いこむと、休憩に出た。

朝にスープを飲んだきり、なにも食べていない私の胃は、限界にきていた。それに、軽い低血糖の症状も出ていたので、私は、ファストフードショップで、スペシャルサンドとコーラとマフィンを注文した。全部で９００キロカロリーぐらいだろうか。こんなものを食べているところをクランケに見つかったら、大変。なにしろ、私たちは、クランケには一日１６００キロカロリーから１４００キロカロリーの食事制限を課している。一食約５００キロカロリー。はっきり言えば、この食事制限さえ守っていれば、ダイエットには成功する。脂肪揉み出しもパラフィンパックもいらない。ならば、なぜ、クランケは高額な金を出してエステサロンに通うのか。言うまでもなく、モチベーションのため。つまり、私たちの一番の仕事は、モチベーションをクランケに与えること。

美顔だってそう。うちのサロンで一番の稼ぎ頭の主任は、よくこんなことを言っていた。

「美顔に一番いいのは、なにもしないこと、つけないこと。でも、それじゃなにか怠(なま)けている感じがするから、みんな、わざわざお金を払ってまで、ここに来るのよ。つまり、みんな、頑張りたいのね」

なるほど。怠け者は叩かれるけど、頑張り屋さんは褒められ賞賛される。要は、みんな、褒められたいのね。

「そうよ。褒めることが大切。突き詰めれば、私たちの仕事は、褒めること。そのために、クランケは、高いお金を出すの」

その日も、私は、朝からずっとクランケを褒め続けたわ。「痩せましたね！」「肌が綺麗になりましたね！」「その頑張りがステキです！」

だから、一日に一度は、自分自身にもご褒美を上げないと、心のバランスがとれない。

「お待たせいたしました」

ご褒美の、スペシャルサンドとマフィンが目の前に差し出される。いかにも美味しそう。こんなご馳走は、店内で食べるより、外で食べたほうがより美味しいに決まっている。だって、こんなに暖かい穏やかな日和だもの。

うん。今日は井の頭公園で食べよう。今頃は、藤の花が咲き誇っているはずだ。

私の気まぐれに、店員は快く応えてくれた。しばらくすると、テイクアウト用の袋がカウンターに置かれた。その袋がかわいらしくて、私は、ピクニックに出かける子供のように、心をときめかせた。

井の頭公園といえば、井の頭池がある地域をみな思い浮かべるけれど、だから、そこは平日でも大変な賑わいだけれど、井の頭公園の肝は、そこじゃないわ。井の頭公園は、大小の公園から成り立っているのよ。私がお気に入りなのは、御殿山から玉川上水までの雑木林。ここは、地元人の憩いの場、余所者はあまりいない。特に、玉川上水沿いは、私にいろんなインスピレーションを与えてくれた。なにしろ、太宰治縁りの地。昔のような水量も流れもないけれど、そのなんともいえない陰湿な雰囲気は、今でも健在。自然と、体が吸い込まれていく。

でも、仕事中は、そんな散策はなかなかできない。その日も私は、「松本訓導殉難の碑」の辺りまで来ると、近くにあったベンチに腰を落とした。

桜の季節は終わって、その赤い名残がはらはらと、春雨のように降っていた。夕暮れ間際の木漏れ日が、あちこちに斑な模様を描いている。新緑がきらきら輝いて、私は、ひどい眠気に襲われた。

湿った風がひとつ吹いて、私の膝から紙ナプキンを剥がす。それを追いかけようと腰を浮かしたとき。

私は、なにか声を聞いた。

それは、子供の声のようにも聞こえた。叫びにも聞こえるし、はしゃいでいる声にも聞こえる。

私は、辺りを見回した。しかし、聞こえるのは風の音だけ。人影はない。さきほどまでの日差しはすっかり消え失せている。見上げると、黒々とした雲が立ち込めていた。雑木林が加速をつけ、薄墨色に染まっていく。あれほどきらめいていた新緑も、得体の知れない無数の生物のように、ざわざわ蠢いている。

私は、鬱蒼(うっそう)とした森の奥にひとり取り残されたような気持ちになって、身震いした。この世には私一人、というような、圧倒的な孤独感。

また、声が聞こえた。私は、耳を澄ませた。

それは、玉川上水の方角から聞こえる。まだ五時にもなっていないはずなのに、辺りは深夜のように暗く、視界は靄(もや)がかかったように、狭い。

また、声が聞こえた。

そのとき、私が咄嗟に連想したのは、大正時代、玉川上水に落ちた児童の話。当時の玉川上水は「人喰い川」と呼ばれ、水量も多く、流れも速かったそうよ。遊びに夢中になっていた児童が玉川上水に落ちて、それを助けようとした教師が急流に飲まれ、殉職した。その行為を記念して建てられた碑が、松本訓導殉難の碑。

玉川上水で、誰かが溺れている？

まさか。私は、すぐに思い直した。だって、激流だったのはもうずっと昔の話。今の玉川上水は、赤ん坊だって溺れない。

そのときよ、私は、林の暗がりに人影を見た。複数の人影。楽しく散策している様子ではない。どちらかというと、数人が、無理やり一人の人間をどこかに引きずり込もうとしている感じだった。あるいは、じゃれあっているのかもしれない。

私は、目を凝らしてみた。

でも、度の合わない眼鏡をかけているように、視界はゆらゆらと歪むだけ。

でも、はっきりしていることがひとつだけあった。

引きずり込まれようとしている人影は、間違いなく、Z女子高校の生徒だということ。夕闇の中、あのブルーのブレザーだけは鮮明に映った。ブルーのブレザーは、Rちゃんの自慢。学校が休みのときでも、必ず制服姿でサロンにやってくる。

Rちゃん？

私は、Rちゃんだと確信した。だって、そのシルエットは、まさに、ダイエットが必要なぽっちゃり型。

Rちゃん、どうしたの？

様子を見に行こうかとも思ったが、足が思うように動かない。その間にも、複数の人影は進路を変え、こちらに近づいてくる。

私は、後退（あとずさ）った。

そのとき、私の中に充満していたのは、〝恐怖〟という感情だけだった。私は、言い訳を繰り返していた。

「あれは、Rちゃんではない。だから、関係ない。それに、あの人たちは仲間で、ただ、じゃれあっているだけなのよ、だから関係ない！」

風が吹いて、木の枝が大きくたわんだ。

そして、また、声がした。今度は、はっきりと。

タスケテ

3

「それで、ユカリさん、どうしたんですか？」

私たちは、新緑が茂る雑木林の中を歩いていた。さっきまでの晴れが嘘のように、どんよりと薄暗い。

井の頭池付近とは打って変わって、人はいない。怖くなるぐらいの、静寂。なにか、いたたまれない気分になって、私は、辺りを見回した。大きな石が見える。

「人間って、なんだかんだいって、本能的に、逃げるほうを選ぶのね」ユカリさんが、ため息交じりで言った。「私、全力で走っていた。どこをどう走ったのか、気がついたら、サロンが入っている雑居ビルの前にいた」

「……そういうもんですよ」私は、言った。私だって、さっきの中央線で、寝た振りしたもの。

「あれよ」ユカリさんが、ぴんと腕を伸ばして、指を差した。「あれが、松本訓導殉難の碑。行ってみる？」

私の返事も待たず、ユカリさんは歩調を速めた。

こんもりとした盛り土の上、石の碑が徐々に近づいてくる。

——万助橋（まんすけばし）を過ぎ、もう、ここは井の頭公園の裏である。私は、なおも流れに沿うて、一心不乱に歩きつづける。この辺で、むかし松本訓導という優しい先生が、教え子を救おうとして、かえって自分が溺死（できし）なされた。川幅は、こんなに狭いが、ひどく深く、流れの力も強いという話である。この土地の人は、この川を、人喰い川と呼んで、恐怖している。

……私は、太宰治の「乞食学生」の一説を思い出していた。

「乞食学生、という小説、知っている？」

思っていたことをそのまま言葉に出されたので、私は、少々、慌てた。

「太宰でしょう？」

「うん。そう、太宰治。あの小説では、主人公は、玉川上水に流されている少年を助けようとしている」

「うん。でも、少年は流されていたわけではないけれど」

「それでも、助けようとした気持ちが大切なのよ。――救えないまでも飛び込み、共に死ななければならぬ。……この気持ちが大切。なのに、私ときたら」

「でもですね、あの小説は……」

そう。あの小説は、いわゆる、夢落ち。

ということは、ユカリさんが目撃したという女子高校生も「タスケテ」という叫びも、夢？

「私も、そう思った。低血糖と疲労と眠気が作り出した、白日夢だと。だって、サロンに戻ると――」

4

Rちゃんが、エントランスのソファーに座っていた。

「どうしたの？」私は努めて冷静を装ったけれど、動揺は隠し切れず、語尾が間抜けに裏返ってしまった。

「うん。忘れ物。ポーチを忘れたの」

ポーチ？

あ、ポーチ。私は、今更ながら、両手を確認した。どっちの手も、ポーチを持っていない。

公園に、忘れた！

取りに戻ろうかとも思ったけど、それはやめた。どうせ、ポーチには簡単なメイク道具と、小銭入れしか入っていない。

「どうしたの？　ユカリさん」

「ううん。……なんでもない。ところで、もう帰らなくていいの？」

「うん。ユカリさんを待ってた」

「私を？」

「さっき、駅の売店で買ったんだけど」

そしてRちゃんは、布製のサブバッグから、夕刊紙を取り出した。インクの匂いが、ぷーんと立ち込める。

「ほら、ここを見てください。昼間、私が見たニュースが詳しく出ています」

Rちゃんの指が置かれた部分には、〝三鷹のアパートで、腐乱死体〟という見出し。

しかし、私が注目したのは、そのアパートの写真だった。

「うそ！　ここって、私のアパート！」

それから私は、大急ぎで帰り支度をはじめた。幸い、このあとは一人しか予約は入っていない。他のスタッフに代わりを頼むと、サロンを飛び出した。

アパートに戻ると、案の定、警察関係者と報道関係者でとんでもない騒ぎだった。野次馬の中に知った顔を見つけた私は、すがる勢いで駆け寄った。大家さんの奥さんだ。

「どういうことですか？」

「私も、なにがなんだか」

いつもはおっとりとした奥さんなのに、今日は激しく混乱している。奥さんは早口で、まくしたてた。

「昨日だったかしら、アパートの住人さんが、一〇二号室から悪臭がするって。で、一〇二号室を訪ねてみたんだけど、返事がない。それで、今朝、合鍵で一〇二号室を開けたら……」

「死体があったんですか？」

「そうなのよ！　朝の、七時半頃」

私がちょうど、部屋を出た頃だ。ああ、そうか、そういえば、ゴミを捨てるときに、奥さんとすれ違った。急いでいたから、軽く挨拶しただけだったが。そのあとに、死体を発見していたなんて。

「びっくりしたなんてもんじゃないわよ。腰が抜けたわよ。だって、全身めった刺しで、部屋中、血の海よ。あれは、完全に殺人ね」

そんなことより、一〇二号室っていったら、私の真下じゃない！

そんな現場を見ちゃうなんて、なんてお気の毒！

私の全身に、一斉に鳥肌が立つ。

「いつですか？」私は、恐る恐る、訊いてみた。

「え？」

「いつ、死んだんですか？　一〇二号室の住人は」

「これから検視とかいうのをやるらしいんだけど、でも、見た感じ、一週間ぐらい経っているだろうって」

一週間？　ということは、一週間、私は、死体の真上に住んでいたの？

軽い眩暈（めまい）がして、私はよろめいた。そこに塀がなければ、顔から路上に落下していただろう。塀を支えに立ち上がろうとしたが、今度は激しい吐き気に見舞われて、私は、胃の中のものをすべて吐き出した。

「あら、まあ！」

大家さんの奥さんが、心配顔で声をかけた。「大丈夫？　自分の部屋に戻る？」

無理だ。戻りたくない。だって、死体があった部屋の上なのよ！

「じゃ……どうする？」

奥さんの声が、どこか冷たい響きだったので、私は、「大丈夫です！」と、その手を振り切り、近くの電話ボックスに走った。

まだ携帯電話はそれほど普及していないこの当時、家の電話が使えないとなると、公衆電話しか頼るものはない。私は、もう何百回も押したヒロシの電話番号を押した。

しかし、相手は出ない。

ヒロシ、ヒロシ、ヒロシ、家に居て、お願い！

呼び出しコール十回目で、ようやく電話はつながった。

「ヒロシ！　今日、泊めて！」

私は、泣きながら、叫んでいた。ヒロシというのは、今の旦那。当時、小金井のアパートに住んでいて、私が事情を話すと、ヒロシはバイクを飛ばして迎えに来てくれた。

あとで分かったことなんだけど、このとき、私は妊娠していた。だから、吐き気に襲われたんだけど、そのときはそんなこと、思いもよらなかった。ヒロシの部屋についてからも、ただただ、気持ちが悪くて、ずっとえずいていた。一週間、死体の真上に住んでいたという事実が、私の神経を衰弱させていた。

一週間？　私は、ヒロシが買ってきたミネラルウォーターを飲み干すと、はっと、顔を上げた。

——まあ、じきにニュースになりますから。それで、確認してください。

「やだ、うそ」

オールバックとスポーツ刈りの二人の姿が浮かんできて、私は、手元にあったクッションを抱きしめた。

「どうしたの？」ヒロシが、心配顔で見つめている。

ヒロシにしてみれば、まったくもって、分からないことだらけだ。とにかく、目の前の恋人をどうにか宥めなくては、そんな思いでいっぱいだったのだろう。当時、ヒロシは転職したばかりで、慣れない営業職で疲れきっていた。そんなところに、パニック状態の恋人。しかも、帰りたくないなどと喚いている。

あのときは大変だったよ、などとヒロシはいまだに、このときのことをネタにしている。

「次は、私が殺される。——なんて、クッションを頭に抱えて、押入れに逃げ込むんだから。まさに、頭隠して尻隠さず状態」

そして、子供たちと一緒に大笑いする。

でも、そのときの私は、まったくもって恐怖の虜だったのだ。

私は、気がつくと、クッションを頭に載せ、押入れの中、ぶるぶると震えていた。

「おい、ユカリ、どうしたんだよ、ユカリ？」

ヒロシは、なんとか押入れから私を引っ張り出そうとするんだけど、私は、頑として、そこから動かなかった。

殺される。

私の頭の中は、その言葉で溢れかえっていた。

5

「今思うと、あれは、急性のパニック障害ね」

ユカリさんは、昔を懐かしむように、だけれど少々の自戒を込めて、つぶやいた。

「とにかく、あのとき私は、ある妄想に取り憑かれていたのよ」

「妄想？」

「そう。妄想って不思議で、あるキーワードが投げ込まれると、黴が増殖するようにあっというまに成長するわ。そして、思考をたちまちのうちに覆い尽くす。お風呂の黒黴みたいに」

私は、排水口の黒黴を連想して、が、その薄気味悪さにすぐにその映像を消去した。

「それで、ユカリさんは、どんな妄想に取り憑かれたんですか？」

「あの二人の警官が、偽者だっていう妄想」

「え？」

「オールバックにスポーツ刈りのあの二人」

「でも、さっき、間違いなく警官のオーラが漂っていたって言ってませんでした？」

「でも、冷静に考えると、警官にそんなオーラがあったら仕事にならないと思わない？　だって、私服なのに警官ってバレたら、捜査しにくいじゃない」

「確かに」

「でも、間違いなく、ものすごい威圧的な空気はあったのよ。とにかく、そこに居るだけで、泣く子も黙る……的な」

「まるで、ヤクザですね」

「そう、それ！」ユカリさんは、ピンポーンというように、私を人差し指で差した。

「ヤクザなのよ、ヤクザ」

「どういうことですか？」

「つまりね、私は、こう考えたの。私のところに聞き込みに来た警官二人は、実は、どこかの組織の人間で、なにか探りを入れていたって」

「探りって？」

「たぶん、誰かを探していたのよ」

ユカリさんは、どこかの探偵のように腕を組むと、ひとり、推理を展開していった。

「その人は、薬の売買の現場を目撃してしまった……とか、殺人の現場を目撃してしまった……とか。とにかく、なにかヤバいことに首を突っ込んでしまって、組織的に、消す必要があった。だから、オールバックとスポーツ刈りに、その人を探させた。警官に化けるなんて姑息な手段を使って」

「その、ヤバいことに巻き込まれた人が、ユカリさんの下に住んでいた人ってことですか？」

「そう。オールバックとスポーツ刈りが、白いセダンにこだわっていたのも、きっと、下の住人が乗っていた車だからよ。あるいは、事件に直接関係のある車だったとか」

「それで、下の人は、オールバックとスポーツ刈りに殺された？」

「そう。つまり、私は、殺人犯と接触してしまったってことよ！」ユカリさんは、声を上げた。が、すぐに声を潜めた。「だから、次に殺されるのは、私……」

「でも」私は、なにか大きな矛盾を感じていた。ユカリさんの話は、どこか、おかしい。私は、ユカリさんの言葉を遡ってみた。そして、思い当たった。

「そうですよ。ユカリさんは、白いセダンなんて実際には見てないじゃないですか。もしかしたら、下の人は、無関係なんじゃ」

ユカリさんの唇が、ひくひく震えだした。私は、もしかして、突っ込んではいけないことに突っ込んでしまったのか。

「でも、所詮、妄想だから」

ユカリさんは、突き放すように、言った。「一時的なパニック状態で、わけの分からない妄想に取り憑かれただけよ。だって」そして、ユカリさんは、道端の小石を軽く蹴った。

私たちは、雑木林を抜け、修道院の前に来ていた。

「だって、下の住人、自殺だったんだもん」

「え、そうなんですか？　でも、全身をメッタ刺しにされて、血だらけだったんですよね？」

「でも、新聞には、自殺だって、載ってた。なんでも、遺書が見つかったみたい」

「じゃ……オールバックとスポーツ刈りは？　白いセダンは？」

「さあ。やっぱり、フツーの聞き込みだったんじゃないのかな、警察の。きっと、新聞にも載らないような、しょぼい事件を追っていたのよ」

まあ、そう考えるのが、妥当であろう。組織の人間が警官に化けて……というのは、ちょっと現実的ではない。

「でもね」ユカリさんは、修道院の十字架を見上げた。「それでも、この十五年、私、気が気じゃなかったのよ。自殺で解決されたけれど、本当は殺人で、その犯人が私を狙っているんじゃないかって、心のどこかで怯えていた。口封じに、私も殺されるんじゃないかって。……ジョン・ドゥに――」

「ジョン・ドゥ？」

「うん。名無しの権兵衛。名無しの殺人鬼」

「もしかして、ブラッド・ピットの『セブン』？」

「見た？」

「はい。テレビで放送されたときですけど」

「私は、封切直後に、映画館で見たわ。ヒロシが、ああいうサイコ映画が好きで、見に行ったのよ。でも、見たあとに、激しく後悔したけど」

「私も、後悔しました。あのラストは、ちょっと――」

「でしょう? あの頃からよ、私も、ジョン・ドゥに狙われているんじゃないかって。ときどきそんなことを思うようになった。特に、三ヵ月後にあの事件と遭遇したあとは、ジョン・ドゥにリアリティを感じてしまって、すぐそこに、ジョン・ドゥがいるような気がして。だから、私、事件が起きてすぐにヒロシと結婚して、埼玉県に引っ越したの。事件を連想する場所から、一メートルでも遠く、離れたかったの。妊娠もしていたし、私には安静が必要だった」

「でも、下の住人は、自殺だったんですよね?」

「そうよ」

「仮に、偽装自殺だったとしても、自殺で処理されているんだから、犯人はそれ以上、手を汚さないと思うんですけど」

「現実的に考えればそうだけど。でも、私には、十五年が必要だった。時効を迎えて、犯人が晴れて、無罪になるその瞬間が。無罪になれば、犯人はもう私を探すことはない。そして、私も逃げ隠れする必要はなくなる。こうして、三鷹に戻ることができる。正々堂々と、井の頭公園を歩くことができる」

「ここが、好きなんですね」

「そうよ。ここが大好き。太宰が愛したこの土地が大好きなの。だから、ずっと、戻りたかったのよ」

ユカリさんの顔に、文学少女の表情が浮かび上がる。

私も、以前は、太宰にかぶれていた時期があった。今は、さすがに卒業してしまったが。

6

でも、せっかくだから、私は、ユカリさんの勧めもあり、「太宰治クッキー」と「太宰治Tシャツ」を購入した。俊夫に上げたら、きっと喜ぶ。なにしろ、俊夫は太宰フリークだ。

時計を見ると、午後の六時。俊夫、仕事終わったかな？

『今、どこ？　今から、会おうよ』

メールを打ったが、なかなか返事はなかった。いつもなら、即攻で返信があるのに。

電話を入れてみるも、不在を告げるメッセージが流れるだけ。

なんで？　今日は、金曜日。残業でもしている？

いや、先週も同じようなことがあった。先週の金曜日も、メールがなかなか返ってこなくて、イライラした時間を過ごした。

いやいや、その前の金曜日も。

「なにか、おかしい」

女の直感というやつが、唐突に閃いた。それは、はじめは点ほどのものだったが、あっというまに頭の中の隅々を照らすほどの強い閃光となった。

「まさか、……浮気？」

それから私は、吉祥寺駅近くのステーキハウスに入り、一時間ほど時間をつぶした。携帯電話を握り締めて返信を待つが、俊夫からは一向に返事はない。その代わり、ユカリさんからメールが二通届いた。

『今日は、楽しかった。また、会おうね♪』

『俊夫くんに、よろしく伝えてね♪』

なんてことはないメールだが、しかし、二通目のメールになにか違和感を覚えた。はじめは、一通目に書き込むところ忘れてしまったので、追記という形で送られてきたのかと思ったけれど。

「なんか、変」

私は、リブステーキを刻みながら、携帯のディスプレイを眺め続けた。ステーキはなにか草履(ぞうり)のように硬く、味もひどくまずかった。というか、経験したことのない味がした。サービスでついてきたコーヒーも信じられないほど薄く、私はその感想をいちいち実況中継のように俊夫にメールしたのだが、俊夫からは一切、返事はなかった。

いったい、なんなのよ！

そんなつもりはなかったのに、私の手からナイフが滑り落ち、床に叩きつける形になった。店内の視線が一斉に集まる。しかし、私はナイフを拾う気にはなれず、そのまま席を立った。

板橋の家に戻ったのは、九時前だった。母が、居間の扉からちょこんと顔をのぞかせる。

「あら、ステーキでも食べたの？」

母は、鼻が犬並みにするどい。私の服についた匂いに早速気がついたようだ。

「ご馳走ね」

母の言葉には、いちいち棘がある。そのたびにイラッとするのだが、口で勝てる相手ではない。私は、お土産に買ったシュークリームの箱を母に押し付けると、そのまま、二階の自分の部屋に向かった。

ドレッサーの鏡に、私が映りこむ。眉毛が釣りあがり、もう限界といった風情だ。

落ち着くのよ、落ち着くの。

私は、三回、深呼吸を繰り返した。

そして、ゆっくりとベッドに腰掛けると、もう一度、頭の中を整理してみた。

吉祥寺からここまで、約一時間。私の中で、ある考えがまとまりつつあった。

そもそも。どうして、私は今日、井の頭公園に行くことになったのか。

「そうよ。俊夫に勧められたからよ」

俊夫は、井の頭公園になにかこだわりがあるようだった。俊夫の勧めで井の頭公園に取材に行くことになった私は、自然の成り行きで、ユカリさんを呼び出した。だって、三鷹に越してきたっていう連絡を先月もらったから。

その連絡は、たぶん、俊夫にも行っている。なにしろ、あの二人は、私たちが出会うきっかけになったネットコミュニティの古参だ。私が参加する以前から二人は参加している。しかも、二人とも小説家志望で、好きな作家は太宰治。掲示板の書き込みなんかも、気が合っていた。

そのユカリさん、ステーキハウスでメールが送られてきたのを最後に、連絡がとれない。メールを出しても返事はなく、電話しても、留守電。電源を切っているのだ。

なんで？

思えば、ユカリさんは、妙に、俊夫のことを気にかけていた。「太宰治クッキー」と「太宰治Tシャツ」を私に勧めたのも、なにか意味があるに違いない。

あ、そうよ。キーワードは、「十五年前」。俊夫もユカリさんも、十五年前というワードを会話に盛り込んでいた。これは、ある話題を共有しているということだ。つまり、二人は、連絡しあっているということじゃないだろうか。つまり、つまり、つまり……。

結論1。あの二人が、深い仲であったとしても、不思議ではない。

結論2。今頃、あの二人は密会しているに違いない。

お互い、携帯の電源を切って。

間違いない。

7

翌々日の日曜日、私は俊夫を呼び出した。本当は昨日の土曜日に呼び出したかったが、土曜日も携帯がつながらなかった。つながったのは、土曜日の深夜。私の怒りと疑惑は沸点を通り越して、核爆発の域まで達していた。

西新宿の高層ビル群、都庁近くのカフェ。

椅子を引く俊夫の右手に、見慣れないブレスレット。なに、それ？

「あ、髪型、変えた？」なのに、俊夫は、私の質問を遮るように、言った。「その髪型、いいね」

こうやって、妙に褒めるのがいかにも怪しい。そもそも、今のボブカットにしたのは先々週で、先週も会ったのに、そのときは髪型に触れもしなかった。

「井の頭公園……どうだった？」

俊夫の問いに、私は、無言で紙袋をテーブルに置いた。

「なに？」紙袋の中味をのぞき込みながら、俊夫の顔が輝いた。「これ、欲しかったんだよ！ ありがとう」

その反応は、太宰治クッキーと太宰治Tシャツをずっと前から知っているというものだった。

やっぱり！ 私は、自身の推理の正しさに改めて、打ちのめされた。

やっぱり、そういうことなのね！

太宰治クッキーと太宰治Tシャツを俊夫が欲しがっているのを知ったユカリさんは、だから、私に買うように勧めたのよ。私を介して、これを俊夫に届けるためにね！ なんてこと、私、とんだピエロじゃない！

みるみる目の周りが熱くなって、涙が溢れ出した。

「なに、なに？ どうしたの？」

慌てる俊夫に、私は、涙もそのままに、努めて冷静に言い放った。

「あんたがやっていることは、全部お見通し」

俊夫の顔が、青ざめる。ほら、やっぱり。

「ユカリさんと、浮気しているんでしょ？」しかし、私がこう言うと、俊夫は「はぁ？」ときょとん顔で返した。そして、「また、いつものやつか」と、にやにや笑いながら、「今度は、どういう推理？」

その言い方があまりに小馬鹿にした感じだったので、私は、自分の考えを理路整然とぶちまけた。なのに、俊夫は、私のせっかくの推理をひとつひとつ丁寧に潰していった。

「確かに、ユカリさんから三鷹に引っ越したという連絡はもらったよ。それで『三鷹』から『井の頭公園』を連想し、それが頭の中に残っていた。そこまでは、真由美の推理は正しい。でも、十五年前の事件というのは、単なるニュースの受け売りだって。ほら、先月、殺人などの時効が撤廃されるっていうニュースがあったじゃない。その時点で十五年に満たない未解決事件も適用されるってことで、それに該当する未解決事件がテレビで紹介されていてね、それで、頭に残っていたんだ」

その言い訳は、即席で作ったものにしては、完璧だった。でも、そんなことで私は騙されない。私は、次の疑惑を投げつけた。

「じゃ、一昨日の金曜日の夜、どうして携帯がつながらなかったのよ。昨日だって」

「あ、それは」

「その前の金曜日も、つかまらなかった」

「だから」

「その前の前の金曜日も」

「だからね」俊夫が、身を乗り出した。その表情は、弁明させてくれと訴えている。いいわよ、話を聞こうじゃない。

「実は、先月から、カルチャーセンターの小説教室に通ってて。毎週金曜日が、講義なんだ」

カルチャーセンター？　小説教室？　予想もしないワードが出てきて、私の戦闘数値が、少し下がる。私は、コーヒーを飲み干した。

「聞いてない」

「ちょっと、言いにくかったんだよ。……恥ずかしいっていうか。だって、真由美は、僕が投稿していることに後ろ向きじゃない。言えばきっと、なにか言われると思って」

「なによ、それ。ちゃんと報告してくれれば、なにも言わないわよ。こんなふうに黙っているから、私、言いたくなるんでしょ」

「だから、一昨日、電話で言おうとしたんだけど。君、一方的に切っちゃうし」

「そうやって、私のせいにするのはやめてよ。だったら、メールで報告すればいいじゃない」

「メールでちゃんと伝えられるか、自信がなかったんだよ」

「物書きになろうという人が、そんな自信もなくてどうするのよ」

「……だよね」

「で？　金曜日と土曜日、携帯がつながらなかった訳は？」

「だから、金曜日は小説教室の日だったんだ。で、教室に到着して気がついたんだけど、携帯、職場に忘れてきた」

「ふーん。で？」

「携帯のことは気になったけど、その日は課題の批評会の日でもあったんで、そっちのほうに気をとられてて。……でも、僕の提出した課題、なかなかの評価だったんだよ。短編なんだけど、最高点数をもらったんだ。講師のプロ作家先生も、これだったら予選は通過するだろうって。どう、読んでみない？」

俊夫の嬉しそうな顔が憎たらしくて、私は腕を組みなおすと、「で？」と、言い訳の続きを促した。

「教室が終わったら、恒例の飲み会に行ったんだ」

「恒例？」

「うん。講師のプロ作家先生のお誘いだから、断れなくて」

嘘だ。きっと、自ら率先して参加しているんだ。もしかしたら、幹事なんかもやっているかもしれない。

「その日は、出版社の編集者も来ててね、二次会、三次会と続いて……気がついたら、高尾駅だった」

「は？」なんで、そこでいきなり高尾にワープするのよ。

「中央線に乗ったはいいけど、終点まで行っちゃったみたいだ。仕方ないから、始発までぼおっとしてた」

怪しい。っていうか、どうして中央線に乗ったのよ。中央線なんて、俊夫には関係ないじゃない。町田に住んでいる俊夫は、小田急線でしょ。

「いやいや、だから、僕も驚いちゃってさ、なんで中央線なんだって。中央線には、なにか不思議な力があるね」俊夫が、言い訳がましく、頭を掻く。なに、その下手な役者のようなリアクションは。しかし、俊夫は、なおも、「高尾」まで行ったことを立証しようと、頑張る。

「僕だけじゃなくて、高尾まで乗り過ごした人が他に何人かいてさ、みんな、ぽかんとしていた。なんで、ここにいるんだ？　って感じで。ほんと、中央線はなにか、不思議なパワーがあるよ。やっぱり、高尾山のパワーなのかな？　知ってる？　中央線って、高尾山のパワーを都心に呼び込むための仕掛けっていう説もあるんだ。で、ここ西新宿副都心の高層ビル群にパワーが集められてさ――」

しかし、私は頷きもせずに、俊夫を睨み続けた。いつもなら、ここで俊夫は泣き顔になる。が、今日は、俊夫は粘った。

「あ、そうそう」

言いながら、俊夫はジャケットのポケットから小さな包みを取り出し、私に差し出した。

包みを開けてみると、……ストラップ？

「せっかくだから、高尾駅を出て、辺りをぶらついたんだ。そしたら、露店が出てて。手作り小物を売っててさ。名前入れます、なんて書いてあるもんだから、真由美の名前を彫ってもらったんだよ。僕も、おそろいのブレスレットを買ってみたんだ。高尾山パワーがつまった、霊験あらたかなブレスレット。願いが叶うんだって」

俊夫が、嬉しそうにジャケットの袖をたくし上げた。モスグリーン色のストーンをつないだブレスレットが鈍く光っている。……原価、百円もしないわね。

「で、いくらしたの、それ」

「え？」

「いくら？」

「……八千円」

やっぱり。俊夫の悪い癖だ。金銭感覚がトチ狂っている。

「このストラップは？」

私は、ストラップを摘み上げた。自分の名前が彫られたプレートがぶら下がっている。

「一万円」

はぁ？　一万円も出すなら、もっとまともなアクセサリーが欲しかったわよ。こんな、子供だましなストラップ。修学旅行のお土産じゃないんだから。この金銭感覚の狂いと悪センスは、結婚までになおしてもらわなくちゃ。

私が黙りこくっていると、俊夫が、かまってよと尻尾を振る小型犬のように、顔を覗き込む。

「これで、僕の疑惑は晴れた？」

「……携帯は？　職場に取りに行ったの？」

「うん。やっぱり、ないといろいろ不便だから、昨日、取りに行った。そしたら、君のメールと着信履歴で、メモリーがパンク状態だった」

俊夫が、子供のように笑う。

なによ。だって、私。……本当に、心配したんだから、心配しすぎて、死にそうだったんだから。携帯がつながらなかった金曜日も土曜日も、気が狂いそうだったんだから。仕事だって、全然できなかった。締め切りは明日なのに、一文字も書けてないんだからね！

涙が、また、零れた。

俊夫が、ハンカチを差し出す。

馬鹿みたい。こんな古典的なことで、私が喜ぶと思うわけ？

「どっかで、休む？」

俊夫の提案に、私は、こくりと頷いた。だって、私。

……やっぱり、俊夫が好き。

8

ああ、好き、好き、大好き、俊夫！

三度目の絶頂を越え、私は、ゆっくりと、ベッドに落ちた。

その拍子にリモコンを押してしまったのか、液晶テレビに電源が入る。見ると、大河ドラマのオープニング。

八時か。私は、ぼんやりとつぶやいた。

西新宿のホテル、二十五階のこの部屋に、二人もつれながら入ったのが、夕方の五時過ぎ。

「やだ、私たちったら、三時間もこうしていたのね」

シャワーを浴び、カーテンを開けると、夜景の海が広がっていた。まるで、星空をそのまま鏡に映したかのような、光の洪水。

「なんて、素敵なの」

つい、そんな言葉が飛び出す。普段なら、恥ずかしくて使わない言葉なのに。でも、今は、構わない。

私は、今度はもっとはっきりと言ってみた。

「なんて、素敵なの！」

「マイ・フェア・レディ」のオードリー・ヘップバーンのように、私は、軽くステップを踏んでみた。

こんなところ、人に見られたら笑われる。でも、いいんだ。だって。

素晴らしいセックスに、素晴らしい夜景。これほどの幸せがあるかしら！

振り向くと、俊夫が軽い鼾(いびき)をかきながら、眠っている。結婚したら、この鼾も治してもらわなくちゃ。私は、その鼻を摘んでみた。俊夫の顔が、ぐにゃっと歪み、その口がパクパクと激しく反応する。まるで、おっぱいを欲しがる赤ちゃんみたい。

そういえば、なんだか、お腹が空いた。夕食がまだだった。私たちったら、食欲そっちのけで、性欲に耽って（ふけって）いた。我ながら、可笑しい（おかしい）。

せっかくだから、ルームサービスでも、頼もうかしら。この夜景を見ながら、ちょっと行儀悪くベッドの上でサンドイッチなんかを摘むのもいいかもしれない。そして、私が俊夫に食べさせて、俊夫が私に食べさせるのよ。たまには、こんなお遊びもいいんじゃない？

ルームサービスは、パソコンで注文する仕組みのようだ。私は、マウスを握り締めた。

表示されたメニューから、シャンパンとスペシャルサンドイッチとオードブルをそれぞれ二人前注文する。俊夫は、まだ、起きてこない。

ルームサービスのほかに、映画のオンデマンドサービスもやっているようだ。ずらずらと並んだタイトルの中に、「セブン」という文字を見つける。さすがに、こんな幸福な気分のときに、見る映画じゃない。と言いながら、タイトルをクリックしてみると、映画に関するデータが表示された。

――アメリカ公開一九九五年九月。日本公開一九九六年一月。

「あれ？」

私の中で、なにか大きな矛盾がむっくりと首をもたげた。

日本公開一九九六年一月。今が、二〇一〇年だから。私は、指折り数えてみた。

……十四年前の映画なんだ。

うん？

確か、ユカリさんも、「セブン」を見たと言っていた。封切直後に。

――私は、封切直後に、映画館で見たわ。ヒロシが、ああいうサイコ映画が好きで、見に行ったのよ。でも、見たあとに、激しく後悔したけど。あの頃からよ、私も、ジョン・ドゥに狙われているんじゃないかって。ときどきそんなことを思うようになった。特に、三ヵ月後にあの事件と遭遇したあとは、ジョン・ドゥにリアリティを感じてしまって、すぐそこに、ジョン・ドゥがいるような気がして。

そうよ。ユカリさんは、下の住人が死んだのは自殺なんかじゃなくて殺人で、その犯人が口を封じるために自分も狙っている……、という妄想に取り憑かれていた。だから、大好きな三鷹を去って、埼玉県に引っ越した。でも、今、晴れて、妄想から解放された。

――私には、十五年が必要だった。時効を迎えて、犯人が晴れて、無罪になるその瞬間が。無罪になれば、犯人はもう私を探すことはない。そして、私も逃げ隠れする必要はなくなる。こうして、三鷹に戻ることができる。正々堂々と、井の頭公園を歩くことができる。

でも、「セブン」の日本公開が一九九六年一月ってことは、つまり、時効は成立してないってことじゃない？　だって、事件があったのは、「セブン」を見た三ヵ月後。仮に、……まあ、そんなことは考えにくいけど、アメリカまでわざわざ見に行ったとしても、公開は一九九五年九月。公開初日に見たとしても、十五年は経っていない。

つまり、これはどういうことかというと。

「ユカリさんの妄想は、まだ時効を迎えていないってことよ」

それだけじゃない。俊夫の言葉によると。

——ほら、先月、殺人などの時効が撤廃されるっていうニュースがあったじゃない。その時点で十五年に満たない未解決事件も適用される……。

「つまり、ユカリさんの妄想に、時効はないってことよ！」

なんてこと。

私は、自分のことのように、ぶるっと体を震わせた。

これは、ユカリさんに知らせたほうがいいのだろうか？　一年、計算を間違っていますって。

いやいや。私は、頭を振った。だって、所詮、あれはユカリさんの妄想に過ぎないんだから。そもそも、下の住人のことは自殺で解決しているんだから。だから、なにも、「実は、時効じゃないんです」なんて言って、あんなに晴れ晴れとしていたユカリさんに水を差すこともない。

でも。ユカリさんが十四年も怯えていたってことは、もしかしたら、下の住人は、本当に殺人だったのかも？　だとしたら、その犯人は、今頃は大いに頭を抱えていることだろう。だって、時効がなくなったのだから。

きっと、世の中の未解決事件の犯人は、こぞって絶望しているに違いない。だって、もう、自分の罪が消えることはないのだから。

いったいそれがどれだけの数なのかふと気になって、検索サイトを表示させると、「時効」と打ち込んでみた。Enterキーを叩くと、「刑法及び刑事訴訟法の一部を改正する法律」に関する記事がヒット。その中に、「時効が消滅した未解決事件」という文字を見つける。

リンク先に飛ぶと、どこかの暇人が作った一覧表のページが表示された。

真っ先に目に飛び込んできたのは、「玉川上水女子高生殺人事件」というタイトルだった。

——一九九六年四月二十七日午前六時四十五分ごろ、東京都三鷹市井の頭公園裏の玉川上水の草むらで、全裸の若い女性がうつぶせの状態で死んでいるのを散歩中の近所の住民が発見した。

全身の数ヵ所に傷があり、玉川上水の草むらには血痕が残っていた。凶器は見つかっておらず、傷の割には血痕の量が少ないため、別の場所で殺されて捨てられた可能性が高い。遺体近くに血の付着した被害者の制服のスカートが残されていたが、他の衣類や下着、靴は発見されていない。

遺体の首には黒いガムテープが巻かれ、口には精液が付着したタオルが押し込まれ、性器には泥が詰められていた。足跡は被害者以外に三種類発見され、複数人の犯行である可能性が高い。

解剖の結果、死因は首を絞められたことによる窒息と判明、傷痕は絞殺後に刃物で切られたとされる。

その後、遺体の身元は、東京都国分寺市在住の、都内私立高校に通う女子生徒であることが判明する。

なお、被害者の鞄は、井の頭公園内の男子トイレで発見された。中には教科書、腕時計などが入っていた。カバンの外側は泥で汚れていたという。

遺族らは四百万円の懸賞金を用意し、犯行当日の目撃者や、犯人に心当たりがある者に呼びかけているが、容疑者の割り出しには至っていない。

なお、遺体が発見されたその日、井の頭公園内の松本訓導殉難の碑近くに、赤いポーチとファストフードショップの紙袋が落ちているのを警官が発見。ポーチには、蠟のようなものが貼りついていた。事件に関係する者かまたは目撃者の持ち物である可能性があるとして持ち主を探しているが、二〇一〇年四月現在、持ち主は見つかっていない。

ジョン・ドゥ。私は、つぶやいた。

ユカリさん自身が、ジョン・ドゥ（名無しの目撃者）だったんだ。

ユカリさんが本当に怯えていたのは、アパートの住人が死んだことではなくて、井の頭公園で殺人の現場を目撃してしまったことなんだ。目撃者として名乗り出れば、今度は自分が殺されるかもしれない、そう考えたユカリさんは、三鷹を逃げ出した。

そして、十五年経ったと勘違いしたユカリさんは、時効も成立したと、晴れて、三鷹に戻ってきた。身も心も軽くなったユカリさんは、たぶん今までずっとひた隠してきたであろう、松本訓導殉難の碑の近くで見た出来事を私にしゃべった。解放感がもたらした一種の躁状態が、ユカリさんを雄弁にしたのかもしれない。

でも。……時効なんかじゃなかった。

どうしよう。真実をユカリさんに伝えるべきか。

「ユカリさんには、もう時効はないんです」と。

それとも。

私は、いまだベッドで眠りこける俊夫を見た。

「ね、俊夫。俊夫だったら、どうする？」

とてもじゃないけど、私一人で抱え込むなんて無理だ。誰かと、共有したい。今すぐ、俊夫に相談したい。

なんで、ユカリさんは、こんな間違いをしたのかしら？

「たぶん、この事件と取り違えたんじゃないかな」

私が一通り説明すると、俊夫は腰にバスタオルを巻いたままの姿で、パソコンの前に座った。そして、「井の頭公園殺人事件」というサイトを表示させた。

「井の頭公園近くの旅館で、若い女性の死体が見つかった事件。この事件は、今年の二月に時効になっているんだよ。結構ニュースになっていたから、ユカリさんは、それを見て、勘違いしたんじゃないかな？」

だとしたら、なんて、悲しい勘違い。

「ね？　このこと、ユカリさんに伝えたほうが――」

俊夫の髪に触れようとしたとき、着信ベルが鳴った。俊夫の携帯だ。

私は、それが当然とばかりに、椅子に投げ捨てられたままのジャケットの中から、携帯を引っ張り出した。

それは、メールだった。

「誰から？」

私は、またまたそれが当然とばかりに、それを表示させた。

――残念ながら、このたびは、落選となりました。またのご応募をお待ちしております。

なに、これ。

顔を上げると、俊夫が手を差し出していた。私は、無言で、携帯電話を俊夫の手に載せる。

俊夫の頬に涙が滑り落ちたのは、それから数秒後のことだった。

「どういうこと？」

訊かずにはいられなくて、私は、声をかけた。

「受賞したら、知らせようと思った」俊夫が、つぶやく。「新人賞の最終候補に残っていたんだ。でも、駄目だった。今度こそは、と思っていたのに」

俊夫の声が、今にも死にそうに儚(はかな)かったので、私は、その肩を支えるようにしがみついた。

「また、投稿すればいいじゃない」

我ながら、心にもないことを言うもんだと思った。本当は、投稿なんてやめて、公務員一筋で生きてほしい。でも、こんなに弱り果てている恋人を前にして、そんなこと言えるはずもない。

「今回は、自信があったんだ」

「選考委員の見る目がなかったのよ」

「今度こそはと思ってたんだ」

「次があるわよ」

「賞金が出たら、真由美とどこか海外旅行にでも行こうと思っていたのに」

「え？」

「パスポートが切れる前に、どこかに行きたいって言ってたじゃない」

「うん。言ったかも」

「でも、駄目だった」

俊夫の言葉が切れた。見ると、強く、唇を嚙み締めている。私はその唇に、そっと、くちづけた。

「だったら、自費で行こうよ、どこか安いところに」

「自費で？」

「うん。ゴールデンウィークも過ぎたし、今だったら、安いツアーがたくさんあるよ。……来月の六月はどう？」

いつのまにか、私の頰も濡れている。もらい泣きだ。

「俊夫、ゴールデンウィークは仕事だったんでしょう？　振り替え、できるんでしょう？」

「うん」

「だったら、行こう、どこかに。二人っきりで」

新人賞に落選するぐらいでオーバーだと人は思うかもしれないが、落選するたびに、どうしようもない絶望の海に投げ込まれる。そこから這い出すには、なにか、他の目標が必要だ。そのまま放っておくとルサンチマンの塊となり、人格が著しく破壊される。私も以前は投稿していた身だ。それは痛いほど分かる。

「ね、どんな小説を投稿したの？」

これは、荒療治。落ちた作品なんかもう見たくもないと思う人もいるけれど、そんなことを繰り返していると、自分の作風を見失う。落選したときほど、冷静な反省が必要なのだ。

しばらくは黙ったままの俊夫だったが、

「……近未来の話」と、ぽつりぽつりと、語りはじめた。

「西新宿の高層ビル群が舞台なんだ。『シップ・オブ・テセウス』というタイトルで」

「シップ・オブ・テセウス？」

「うん。テセウスの船。トオルとタクヤという二人の少年が出てきてね、トオルはクローンで……」

それは少々子供っぽい話ではあったが、俊夫らしいまっすぐな話だと思った。私はひどく愛しい気持ちになり、俊夫を抱きしめた。

私の中には、すでにユカリさんもジョン・ドゥもなかった。

あるのは、俊夫と私と、この夜景だけ。

きっと、私たちの未来は、光に満ち溢れている。この、夜景のように。宇宙の全ての銀河をそのまま散らしたような、光の世界。

だから、私たちは、どんな困難が降りかかっても、こうやって抱き合いながら、生きていこう。

だって、世界は二人のためにあるんだから。

ドアベルが鳴る。

ルームサービスが来たようだ。

シップ・オブ・テセウス

西新宿高層ビル群

テセウスの船（英：Ship of Theseus）はパラドックスの一つであり、テセウスのパラドックスとも呼ばれる。（略）プルタルコスは、全部の部品が置き換えられたとき、その船が同じものと言えるのかという疑問を投げかけている。また、ここから派生する問題として、置き換えられた古い部品を集めて何とか別の船を組み立てた場合、どちらがテセウスの船なのか、という疑問が生じる。

（フリー百科事典『ウィキペディア（Wikipedia）』より）

僕は、なんとなく空を見上げた。チャコールグレーの膜に覆われたような、高層ビル群。メトロポリス。

見慣れた風景だけど、今日はいつもより重たく感じる。

「宇宙って何歳だか知ってる？」

その言葉につられて、視線を地上に戻した。地上は、空以上に重苦しい。

「何？」僕は、隣にいるトオルに応えた。

「だから、宇宙の年齢」

ティッシュ配りのおにいちゃんを器用にかわしながら、トオルは繰り返す。トオルは、本当に人をかわすのが上手い。僕なんか、たった今、まんまとティッシュを握らされたところだ。これで五つ目だ。

「宇宙の年齢？」

雑踏の中、トオルがこんなことを突然言い出したのにはわけがあった。僕たちは、映画を見てきたところだった。古いSF映画だ。マリアというヒューマノイドの悲劇の物語。

「宇宙に年齢なんてあるの?」僕は、ティッシュをくしゃっと握りしめると、それをジーンズのポケットに滑り込ませた。

「当たり前だよ!」

トオルの唇が得意気に応える。僕は、その口の動きをぼんやりと眺めた。

映画に誘ったのは、僕だった。本当はあまり乗り気じゃなかったけれど。そもそもSFは苦手だし、その上、映画にもそれほど興味はなかった。でも、トオルと二人で歩く新宿、間が持てなくて、逃げ込むように映画館に入った。これで、二時間は潰せるはずだ。なのに、よりによって選んだその作品は、百年以上も前に作られた古い映画。ニュープリント版だとうたってはいたが、鮮明な画像を見慣れた目には、拷問のような二時間とちょっとだった。

が、トオルは気にいったようだった。上機嫌に頰を火照らせながら映画の感想をしばらく語ったあと、

「だから、宇宙の年齢というのはね、ハッブル年齢でいうと——」

こんな感じで十五分ほど前からは、宇宙の話に夢中だ。

「——ということで、六十億年の矛盾があるんだよ」

そして、いきなりこんなとてつもない結論を導き出す。トオルの悪いくせだ。

「ごめん、はじめから説明してくんない？　ほら、オレ、そういう話、得意じゃないから」

トオルの目がペカッと輝いた。瞬間、僕は猛烈に後悔した。適当に「へー、そうなんだ」って流しておけばよかった。

「じゃ、どっか入ろうよ」

トオルは浮き浮きと、道路向こうのファストフードショップに足を進めた。

「だからね、銀河の後退速度から求めた宇宙の年齢をハッブル年齢というんだ」

席につくなり、トオルは蘊蓄（うんちく）を傾けた。せっかくのバナナシェイクは、かわいそうに当分は出る幕がないだろう。

「で、ハッブル年齢でいうとね、宇宙の年齢は約百五十億年程度とされてきたんだ。でも、一九九七年、フリードマンという学者がね、宇宙望遠鏡の画像を使った観測の結果、宇宙の年齢は九十億年から百二十億年だと発表したんだよ。そこで大論争が起きてね、星よりも宇宙の方が若くなるのはおかしいって。宇宙年齢のパラドックスってことで、マスコミなんかでも随分と取り上げられたらしいよ。と、いうのも、百二十億年以上の星が確認されているからなんだよ。一番古い星団の年齢は約百五十億年」

「と、いうことは、星より宇宙のほうが若いってこと?」

「そう」

「つまり……、子供より親の方が若いってこと?」

僕は、ストロベリーシェイクをチュルチュル啜った。僕のシェイクはおかげさまで、順調に量を減らしている。

「ピンポーン。そういうこと。親の方が子供より六十億年若いということになるんだ。なんか、とんでもなく壮大な矛盾だよね」

トオルは、その血色のいい唇を丸めると、ようやくストローをくわえ込んだ。僕はバナナの気分になって、少しほっとする。しかし、トオルは、すぐにストローを吐き出した。

「でも、その後、この年齢のパラドックスはほとんど語られなくなったんだ。正体の分からない暗黒エネルギーに満ちた宇宙には不可思議な謎が多い……、ってことで、有耶無耶(うやむや)にされて、今に至ると」

それにしても、こいつ、もう少し色気というものを身につけたら、それはそれはバラ色の青春になるものを。背はすらっとしているし、ルックスもまあまあだ。と、いうより、かなりレベルが高い。店内にちらほら座っている制服姿の女の子たちは、さっきからトオルの方ばかり見ている。斜向かいのグループなんか、こちらにまで聞こえるような声でトオルの容姿について語り合っている。

なのに、当の本人ときたら、

「まったく、宇宙というやつは、いろいろ考えさせられるよね。パラドックスだらけで、頭がくらくらする」

と、バナナ色の息をまき散らしながら、熱弁に夢中だ。

僕はといえば、ただ、うなずくばかり。頭の芯が、痺れている。

僕のストロベリーシェイクは、麻酔薬の味がする。

そう、あのときの、甘ったるいバニラ味。

――言われるがまま、バニラ味の麻酔液をゆっくりと口の中でかき回す。バニラ味は、僕の舌を徐々に麻痺させていく。

痺れが、舌から喉の奥へと広がっていく。じわじわと細胞が熱くなるような、ずっしり重くなるような、それとも全然関係ない別の厚い粘膜が僕の口腔から食道にかけてものすごい圧力をともなって広がっていくような、そんな感じだった。

「じゃ、あのドアから部屋に入って。先生が待っていらっしゃるから」

看護師さんが、指差しながら言った。でも、僕の視線は少し暴走してしまった。ドアとは関係ない壁をぐるりと巡り、そしてドアとはまったく正反対の壁で止まった。そこには、手入れの行き届いていない鏡、僕の姿が映し出されている。青色の検査用着衣にすっぽりと包まれている僕は、まるで他人だ。僕は、軽いため息を、バニラ味とともに喉に押し込む。


「ところでさ、タクヤ」

トオルのバナナ色の息が、僕の鼻先に広がった。僕は、ようやく届いた出来たてのアップルパイを、パッケージから引っ張り出した。「何？」

「胃の方は大丈夫なの？ 医者に行ったんでしょう？」

シェイクをすっかり飲み干し、フライドポテトも平らげ、今まさにアップルパイを頬張ろうとしている僕を、トオルが訝しげに見た。

「うん。胃カメラってやつ、飲んだよ」

ふーん。トオルは、細かく眼球を動かしながら、まじまじと僕を見ている。

「でも、胃カメラって、アレでしょう？ すっごく大変なんでしょう？」

「そうだね、大変だったよ。こんくらいのヤツをさ——」

僕は、右手の親指と人差指で直径二センチぐらいの輪を描いた。「ギュッギュッて、食道に押し込まれてさ」

おもいっきり顔をしかめながら、僕は管を押し込むジェスチャーをした。トオルの眉間にゆっくりと影がかかる。

「嘘だよ、そんな野蛮な検査は、前時代の代物だ」僕は言った。「今は、ピアノ線より細い管を鼻から入れて検査するんだ。全然痛くないし、辛くもない。一応、麻酔もあるしね」

「なんだ」トオルの眉間が、からっと晴れる。「で、手術、するの？」

でも、僕はその問いには答えなかった。その代わり、僕の胃痛の経緯を簡単に説明してやった。

「受験のときの不摂生が今頃になってたたったみたい。あの頃は、時間に関係なくジャンクフードを食べていたから」

僕は、生まれつき、体が弱かった。内臓という内臓が、人よりひ弱に出来ていた。自然に任せるならば、生まれる前か、それとも生まれてすぐに淘汰されるべき命だった。以前、恩師が言っていた言葉が忘れられない。

「淘汰されるはずの種を人工的に受精させ、あるいは生きながらえさせる。それは瞬間的な感動を生むけれど、人類的にみれば自殺行為だ」

こうも言った。

「感動は、人間の理性を惑わす悪魔の企みだ」

それでも、両親は、長年に亘る不妊治療の結果、ようやく手に入れた僕を、どうしても生かしておきたかった。あの手この手の不自然な方法で、僕は、十四歳まで生きることには成功した。しかし、問題は十五歳だった。僕はこの壁を乗り越えられないだろうと言われ、実際、その一年のほとんどを病院で過ごした。そして、十六歳、僕は辛(かろ)うじて、まだ、生きている。

気がつくと、僕は紙ナプキンで鶴を折っていた。テーブルには、いくつもの鶴が転がっている。

トオルが、ウインドーの向こう側に広がる灰色の街を眺めている。僕もその視線を追った。空中にぽっかりと浮かんでいるような電光掲示板、リアルタイムニュースが流されている。

また、どこかで戦争が起きたという。

無意味に殺されている人がいる一方で、無意味に生かされている自分。

今更。

僕はつぶやいた。いつ頃からだろう、身に着けてしまった口癖だ。

今更——。

しかし、僕は、その言葉を打ち消すように、残りのアップルパイを口に押し込んだ。喉の奥が、ひりひりする。

「大丈夫？」

　トオルの心配顔が飛び込んできた。

「何が？」

　僕は、アップルパイを飲み込むと、ぶっきらぼうに返した。

「タクヤ、ちょっと食べ過ぎなんじゃない？　胃は痛くない？」

「平気」

　僕はやっぱりぶっきらぼうに答えた。

「そう、なら、いいんだけど」

　トオルが、ストローを摘み上げた。その手には、虫が一匹、貼りついている。

＋

　トオルのことを知ったのは、僕が四歳のときだった。母さんは言った。

「あの子は、私たちの、天使よ」

「そうだ、あの子は、天使だ」

　父さんも、そう何度も繰り返した。

　僕は、その意味が分からなくて、訊いた。

「天使ってなに？」

僕がその回答を得るのは、それから数年後のことだった。

そう、四年前のことだ。僕が中学入試に失敗して落ち込んでいるときだった。

忘れもしない、三月四日。部屋でふてくされていたら、父さんが妙なニタニタ笑いを浮かべながら部屋に入ってきた。父さんがこんな風に笑うときは、何か厄介なことを抱え込んだときだ。

父さんは、いわゆる国家公務員だ。

福祉省に勤めている。が、公務員が社会的に信用されていたのは半世紀以上も昔のことだ。ほとんどの行政が民間に委託された現在、公務員なんてただのお飾り。その肩書きなんて、なんの得にもならない。もっとも、財務省と厚生労働省と警察庁だけはその威厳をどうにか保っているけど。この三つだけは、どうしても民間に任せるわけにはいかないということなんだろうけど、しかし、警察の業務なんかは絶対、民間に委託したほうがいいと思う。そのほうが治安は安定する。防衛省をみてみろよ。民間になったとたん、彼らの活躍を期待する国民が圧倒的に増えた。法務省だって民間になったおかげで人気がアップした。裁判がカンタン、スピーディーになったからね。

でも、文部科学省の民間委託だけは、マイナスに働いたみたいだ。義務教育制度を撤廃し、子供の自由な選択に任せるなんてカッコつけたおかげで、公立学校は無秩序な遊戯場となり、愚連隊の温床となってしまった。一方、私立学校だけが「教育の場」という機能を守り続けた。教育を受けたい人は、私立学校に行くしかない。しかし、私立学校はどこも狭き門だ。結果、受験戦争はさらに激化した。

世の中、良くなったんだか、悪くなったんだか、よく分からない。

「で、何？　また、もめ事？」

僕は、ニタニタ顔の父さんを睨みつけた。父さんたちのトラブルにはもう巻き込まれたくない、というのが僕の本音だった。そもそも、僕が受験に失敗した原因のひとつは、父さんの浮気じゃないか。毎日毎日夫婦喧嘩をしてくれたもんだから、僕は神経過敏となり、ここ一番というときに腹を下してしまい惨めな結果になってしまったんだ。

「再生保険、知ってるだろう？」

父さんはさらにニタニタ笑いを深めると、どっこらしょっと僕のベッドに腰を落とした。

「知ってるよ。未分化細胞を管理している施設でしょ？」

僕は即答した。

その業務内容を詳しく知っているわけじゃないけれど、確か、受精卵から抽出した未分化細胞を生涯に亘って預かってくれる施設だと塾の先生から聞いたことがある。

例えば、Aという人がいたとする。この場合、まず、Aの母親から受精卵（未来のA）を取り出す。次にその受精卵から未分化細胞、つまり分化していない細胞を抜き出して再生保険会社に預ける。未分化細胞は人体のあらゆる臓器を成長させることができるから、Aが何らかの不幸で臓器を失ったとしても、再生保険と契約している限りいつでもAの臓器を再生させることができる。……これが本来の目的なのだが、最近では、他の人の臓器を造り出すこともあるという。この場合、細胞の持ち主に高い配当がつくので、投資としてこの保険を利用している人も少なくないと聞いた。しかし、その管理費は莫大で、一般人には馴染みのないシステムでもある。

「でも、父さんのような公務員の場合、再生保険に契約するのが慣例になっているんだ。管理費の一部は国で負担してくれている。わたしの父親も公務員だったから、ちゃんとわたしの未分化細胞を預けておいてくれたんだ」

ふーん、腐っても公務員。こういう福利厚生はさすがにしっかりしているな。

「それでね。その再生保険に預けておいたクローンが、戻ってくるんだ」

へー、クローンが。……って、何？　クローンって？　それ、どういうこと？

「再生保険は、臓器再生というのが表向きの業務だけど、一方でクローン産業にも手をつけているんだよ。それで父さんは、自分の未分化細胞を使って、クローンを作ってもらったんだ」

父さんは、まるで冗談でも言うように、軽いノリで言い放った。

僕の頬が、ぴりぴりと反応する。

クローンを作ってもらったって。だって、クローンって違法じゃないか。確かに三十年前、ヒトクローンは解禁になったよ。でも、いろいろな問題が起きて……、で、三年前、「クローン禁止法」が発布されて、ヒトクローンは全面禁止になったじゃないか！

「わたしがクローンを作ってもらったのは、もう十二年も前のことだ。『クローン禁止法』が制定される以前に作られたクローンは合法ということだから、警察につかまるという心配はない」

「そういう問題じゃないだろう！　なんで？　なんで、父さんはクローンなんか」

クローン問題のひとつに、その人権があった。法的にはクローンは所有物扱いだ。生物的には間違いなく「人間」であるにもかかわらず、クローンは、「複製」の域を出ることはなかった。そのため、クローンをペットや家畜、さらには臓器のスペアとして扱う者も少なくなく、それが、大きな社会問題となったのだ。

「父さん！　どうして！」

僕は、父さんに嚙みついた。いくら世情に疎い子供の僕にだって、倫理というものはちゃんとあるんだ。塾の先生だって言っていた。クローンを製造しようというのは、人間の最大のエゴだって。

「父さん！」

僕がベッドのマットレスを拳で叩くと、父さんはニタニタ笑いをやめた。そして、ひどく弱気な目で僕を見つめた。

「……父さんな、急性の新型糖尿病なんだよ」

意外な返答に、僕の心臓は跳ね上がった。

新型糖尿病。二十年ぐらい前に突然出現した奇病で、たった三年で日本人の死亡原因第二位にまで浮上した国民病だ。糖尿病とよく似た症状だが、しかし、その原因、治療法ともいまだはっきりしていない。過度な飽食、または遺伝子組換え食材が原因なんじゃないかっていう話もあるけれど、それも噂に過ぎない。

確実に分かっているのは、伝染病ではないということ、そして発症したら最後、手足はあっというまに壊死し、目は見えなくなり、体中が甘い香りに包まれ、それにつられて、ありとあらゆる虫たちにたかられて皮膚を食いちぎられる。そして、確実に死ぬ。

この病気の一番怖いところは、確実に死が決められていながら、それまでの期間が長いことだ。僕は、病院でこの病におかされた人々を何人か見たことがあるが、それは古の拷問のような有様だった。視力を失い、手足を切断された体に、びっしりと這い回る虫。その苦痛を和らげるために点滴には麻薬。それでも足りなくて、声にならない悲鳴を上げる患者たち。

しかし、その虫は、幻影だ。虫に見えていた黒い点は、皮膚の壊死が作り出したものだ。

「でも、患者本人には、虫が這っているように感じるの。その苦痛たるや、地獄そのものよ」

そばにいた若い看護師は言った。

「虫が体中を這いずり回る感覚は、糖尿病と同じ症状。でも、それよりも何十倍も過酷なのが、この新型糖尿病なの。その苦しみに耐え兼ねて、自ら命をたつ人も多いのよ。だから、私たちは、ああやって、患者をベッドにしばりつけ、口には猿轡をかませているの」

見ると、患者のベッドにはベルトがついており、それはしっかりと患者の体を拘束していた。そして、一見、人工呼吸器のように見えるソレは、猿轡なのだという。死ぬ自由すら奪われた患者に許されたのは、ただ、苦痛の唸りを上げることだけだ。まさに、地獄。

……そんな病気に、父さんが？　マットレスにのめり込んでいた僕の拳は、がくがくと痙攣をはじめた。父さんは、そんな僕の拳を、その大きな手でそっと包んだ。

「糖尿病体質だと診断されたのは、十二年前。君が生まれたばかりの頃だ。それで父さんはクローンを作る決心をしたんだよ。父さんがいなくなっても、ちゃんと母さんやタクヤを守ってくれる人を残そうと思って。幸い、父さんが入っている再生保険には、難病と診断された場合、格安でクローンを作ってくれるというサービスがついていたんだ。しかも、最長十五年、そのクローンを預かってくれる。……本当は、三年ちょっと預かり期間が残っているんだけど、いろいろ考えて、その子を今、引き取ることにした」父さんはいったん言葉を切った。でも、すぐに言葉をつなげた。「発病が近づいている気がしてね」

そして、その夜、そいつがやってきた。十一年前に誕生したというから、僕より一つ年下だ。でも、背は僕よりもうんと高い。長身の父さんをそのまま受け継いでいるみたいだ。

「クローンなんだから、当たり前か」

僕は、何を言っていいのか分からず、ただニヤニヤしながらそいつを眺め続けた。母さんもうろたえるばかりで、しまいにはわけの分からないことを言いながら、泣き出してしまった。

そして、その一ヵ月後、父さんは新型糖尿病を発症した。しかし、幸いなことに、合併症の心臓病も併発し、すぐに死んだ。不幸中の幸いだと、誰もが言った。長い闘病生活を続けて地獄の中で衰弱死するよりは、何倍もマシだと、誰もが言った。僕もそう思った。でも、母さんは父さんの遺体にしがみついて狂ったように泣いた。よく喧嘩してたけど、母さんもまた、父さんを愛していたんだ。

もちろん、僕も父さんが好きだった。優柔不断で女にだらしないところもあったけど、家族のことを一番に思っていたのは確かだった。母さんと僕の誕生日を忘れたこともなかった。

僕の目からも、次から次へと涙が溢れてきた。そんな僕の背中を摩(さす)ってくれたのは、父さんのクローン。

その夜から僕は、そいつのことを「トオル」と呼ぶことにした。父さんの名前だ。

+

「六十億年の矛盾。おれ、こんな仮説を立てたんだ」

新宿駅についても、トオルは話を続けた。

「おれの仮定はこうなんだ。宇宙の果てでは空間が著しく歪んでいる、そのために、六十億年の矛盾が生じたんじゃないかって」

父さん譲りの長身を利用して、人混みを上手にかき分けながらすいすいと前へと進むトオル。じいちゃんに似ておちびな僕は、何度も人とぶつかりながら、トオルの後を追う。

でも、はっきり言って、トオルは父さんにそんなに似ていない。もちろん、その容姿は父さんの少年時代と瓜二つだ。だけど、性格とかしぐさとかが、まるで違うんだ。同じ細胞を持っているからって、やっぱり人格までは同じにならない。人格というのは、環境、経験、感情などが作り上げるものだ。例えば、再生保険が経営するクローンファーム、人間でいうところの保育施設で育ったトオルは、そこの指導員の影響でSFに傾倒している。一方父さんは、僕と同じでSFにはまったく興味がなかった。

なのに、トオルときたら……。

「つまりね、宇宙の果てでは、現在、過去、未来が目茶苦茶に混在しているんだよ。で、その状態を三次元に住む人間が観察すると、六十億年というとんでもない矛盾になるんだ。……タクヤ？　聞いてる？　……あ、ごめん」

トオルが、遅れて歩く僕のため、少し歩調を緩めてくれた。僕が追いつくと、トオルはためらわず僕の手をとった。懐かしさが込み上げてくる。小さい頃、僕はこうやってよく父さんと手をつないだ。トオルは、父さんとはあまり似ていないけれど、手の温もりは父さんそっくりだ。

「ね」トオルが、僕の手をぎゅっと握りしめた。

「何？」

「本当に、体、大丈夫？」

「……うん、大丈夫」

　嘘だ。本当は、もう立っていられないぐらい、僕は疲れきっていた。

＋

「母さんの言うことをよく聞いてね」

　検査の帰り、母さんは青白い顔で言った。

「あなたは強い子でしょう？　だから、全部話すわ。でも、安心して、絶対、治るから」

　そして、僕の頬をゆっくりと撫でながら、母さんはぽつりぽつりと説明をはじめた。

「あなたの体はね、ガンにおかされているの。胃からはじまって、肝臓、膵臓（すいぞう）にまで広がっているんですって。でも、ガンはもう不治の病じゃないわ。お薬でちゃんと治すことができるのよ。でも、肝臓だけはね、取り換えなくちゃいけないんですって」

　母さんの言葉は、それほどショックではなかった。なぜなら、今の世の中、僕の歳でガンになるのは珍しいことではないし、それに母さんの言った通り、ガンはもう死の病じゃない。今世紀初めに開発された薬と治療法で、ある程度治る病気なのだ。でも、どうやら肝臓だけは手遅れだったようだ。

「問題なのは、それなのよ。お父さんが生きてらっしゃった頃は、あなたの未分化細胞もちゃんと再生保険に預けてあったのよ。いつでもあなたの臓器を造り出せることができたの。でも、お父さんが亡くなって、毎月の管理費を支払えなくなって……、だから、解約してしまったの」

じゃ、僕が死ぬのは、時間の問題ってこと？

「いいえ。あの子がいるわ。あの子はそのためにお父さんが残してくれた遺産なんだもの」

+

目を開けると、僕は、簡易ベッドのようなところに寝かされていた。どうやら、病院のようだ。

「タクヤ？　大丈夫？」

トオルのぼやけた顔が近づいてきた。僕は瞬きを繰り返すと、焦点をトオルの目に合わせた。

「オレ、明日から入院するんだ」

僕はようやく白状した。

「うん、知ってる。母さんから聞いた」僕を見つめながら、トオル。

そっか。と、いうことは、あのことについても聞かされているんだろうな。僕は、焦点をトオルから外した。

色とりどりの色紙で折られた千羽鶴。部屋の隅に飾られている。この病院でも、たくさんの人が死んだみたいだ。

いつ頃からだろう。日本中で千羽鶴が折られるようになった。千羽鶴のことなんてずっと忘れていたくせに、でも、人々は、折らずにはいられなくなったんだ。僕も折った。下手だけど、父さんのために一生懸命折った。父さんが死んでからも、たくさん折った。塾の先生のために、幼なじみのミノルのために、クラスメイトのアキラのために。……それ以外にも、たくさんの人々のために。でも、人が死んでいくのを止めることはできなかった。次から次へと新しい病気が現れ、次から次へと有害物質に汚染されて、次から次へと戦争が起こった。

「大丈夫だよ、おれがついている」

トオルの手が僕の手を握った。十五歳になったばかりだというのに、ずいぶんと大人ぶってやがる。

「おれがタクヤを守る。おれの臓器でいいんなら、一つ残らず上げる。おれはそのために生まれてきたんだから」

　ありがとう。でも、トオル。おまえは、僕に体を捧げるために生まれたんじゃない。

「……人間ってさ、スケール小さいよな」

　僕は、トオルの手を握り返すと、笑った。「宇宙の果てでは六十億年の矛盾が渦巻いているというのに、人類はたった五百万年で限界を迎えようとしている」

　僕は上体を起こすと、壁に埋め込まれてあるテレビモニターに視線を移した。人気のバラエティー番組。アイドルの笑顔の下には、現在の生存人数が表示されている。二〇六五年十月七日、世界全生存人数：3,143,698,473人。日本全生存人数50,254,698人。しかし、その数字は、見る見る減っていく。増えている瞬間もあるんだろうけれど、減少のスピードの方が早すぎて、それを目で確認することはできない。この調子じゃ、今月中に日本の人口は五千万人を切るだろう。

「半世紀前、世界には七十億人以上の人間がいたんだって。日本にも一億二千万人も人間がいたんだそうだ。なのにさ、たった半世紀で、半分になっちゃってさ。人が、競ってクローンを作ろうとしたのも、分かるような気がするよ」

　僕は、トオルの手をさらに握った。

「実はさ、オレも、……クローンなんだよね、じいちゃんの」そして、ひとつ深呼吸すると、続けた。「つまり、生物的には、オレはトオルの父親になる。……なんだか、ややこしいね」

凍りついたようなトオルの目が、僕を見つめる。僕はさらに話を続けた。

「じいちゃんが死んだ後、再生保険のクローンサービスが適用されて、じいちゃんのクローン、つまりオレが作られた。でも、ばあちゃんもすぐに死んじゃって、で、子供のできなかった父さんと母さんにオレは引き取られたってこと。でもさ、六十五歳のじいちゃんの体細胞を使用して作られたもんだから、オレは生まれながらにして、もうすでに六十五歳分の時間を使ったことになるんだよ。だから、どのみち、オレの寿命はあと少しなんだ」

「タクヤ……」

「減少する人口に歯止めをかけるためにクローンを作り続けたのに、結果的には平均寿命がどんどん短くなって、しかも生命力も薄まっていって。人間って、何やってんだろうね」

僕は、再び上体をベッドに倒した。どうやら僕のガンは、母さんが言うよりも、もっと進行しているようだ。

僕は、窓の外をぼんやりと眺めた。すっかり、日は暮れたようだ。

西新宿の高層ビル群が見える。しかし、その灯りはほとんど消えている。その昔は、それはそれは美しい夜景だったと聞く。そう、まるで、宇宙の銀河をそのまま地上に散らしたような。かつて、ここは世界有数のメトロポリスだった。ありとあらゆるパワーに満ち溢れ、四方から人々が集まり、人生を謳歌していたという。

今は、そんな面影はひとつもない。都庁だけが辛うじて機能しているだけで、あとのビルはほとんど捨てられた。解体するにもお金がかかるということで、今は、朽ち果てて自ら崩壊するのを待っている状態だ。訪問者は、好奇心に駆られた若者だけ。今日も、肝試しと称して、いくつかのグループが廃ビルの中に入っていった。かつてのパワースポットも、いまではゴーストスポットだ。

トオルが、相変わらずの顔で、こちらを覗き込んでいる。その表情からは、一途な使命感がくっきりと浮かび上がっている。クローンファームで、完璧なクローン教育を受けてきたのだろう。

しかし、君は、生きなくてはいけない。

なぜなら、君は、僕よりも長く生きるはずだから。だって、君には、父さんがまだ受精卵だった頃の細胞が使用されている。つまり、細胞年齢六十五歳で生まれた僕よりは長い寿命を君は持っているということだ。

だから、君の方が生きなくちゃいけないんだ。

生きろ。

でも。僕は、それを言いかけて、口を閉じた。

トオルの手には、小さな虫のような点。

これは、新型糖尿病の特徴だ。父さんもまったく同じだった。その症状は、まず、手から現れた。そりゃそうだよね、だって、君は父さんのクローンなんだから。病もそのまんまコピーされちゃったんだよ。

まったく、これこそ、壮大な矛盾じゃないか。

君は、僕のために生まれた。ひ弱な僕のために。でも、君は、僕の役には立たないだろう。なぜなら、君は、父さんと同じ病で死んでいくのだから。病におかされた君の内臓は、どれひとつ、活かされることはない。

まったく、馬鹿馬鹿しい話だ。

トオルの震える指が、僕の額に触れる。

可哀想に、その腕は、じきに腐ってなくなるのだろう。そして、果てしない苦しみの末、死んでいくのだ。

ほんと、なにやってんだろうな、人間は。進歩しているつもりで、苦しみを倍増させているだけじゃないか。

まったく、矛盾だらけの世の中だ。

そして、僕は、もう一度、窓の外を眺めた。

新宿の高層ビル群が、夜の帳（とばり）に吸い込まれていく。やがて、空には銀河が浮かび上がるだろう。

皮肉なことに、矛盾の果てに、このメトロポリスは星空を手に入れた。

悪いことばかりでもないな、僕はつぶやいた。

【参考文献】

芥川龍之介全集1（ちくま文庫）
太宰治全集3（ちくま文庫）
完訳カンタベリー物語〈上〉
チョーサー著／桝井迪夫訳（岩波文庫）

あとがき

『カンタベリー・テイルズ』が書かれた背景について、簡単に。

……と、言いたいところですが、文庫化の話が来たとき、「この作品の着想のきっかけは？」という担当さんの問いに、すぐに応えることができませんでした。

「あれ？　なんだったかしら」

と、「真梨幸子　聖地巡礼」でエゴサーチしてみると、嬉しいことに、当時（二〇一一年）のインタビュー記事がまだ残っていました。

その部分を抜粋してみます。

＋

——着想のきっかけは？

担当様に「パワースポットをお題に、書いてみませんか？」とご提案をいただいたのがそもそものきっかけです。オカルトは大好物なので、もちろんソッコーで飛びつきました。

——どんな人に読んでもらいたい？

「パワースポットってすごいよね！」な肯定派と、「パワースポットね……（苦笑）」

な否定派。

(http://kodansha-novels.jp/1102/03/index.html)

なんだか、この頃の私は、嫌みなほど、謙(へりくだ)っています。担当編集さんに「様」などをつけて。しかも、(オカルトは好きですが) パワースポットにはそれほど興味がなかったくせに、「ソッコー」で飛びついています。

というのも、この頃、私、まったく売れていなくて。その年、本の依頼はそれしかありませんでした。

そう、これが、最後のチャンスだったのです。これが売れなかったら、私の作家生命、危うし！　という崖っぷちでした。

当時の私の崖っぷち振りがよく分かるエッセイも、エゴサーチで見つかりました。

引用してみます。

+

「作家」。この響きに憧れて、投稿を繰り返していた修行時代。

当時、私は「フリーライター」という肩書きだった。カタカナにすればサマになっているが、要するに、「下請け」。しかも、私の場合は孫請けだったり、ひ孫請けだったりするものだから、私に割り当てられるギャランティはわずかだった。喩えれば、町工場。大手メーカーの注文に応じて一つ何銭の部品を作る。一国の主といえば聞こえはいいが、町工場の経営者は辛い。集金袋を携えて、金策に走る日々。世間はこれを、自転車操業という。

自転車を漕ぎ続ける体力が年々薄れ、私は「作家」を目指した。作家になれば、もしかしたらまだ先があるんじゃないか、光があるんじゃないか。だって、ドラマや映画に出てくる作家は、あまりに輝いている。でも、さすがに虚構を真に受けてはいけない。真実を見るために、プロ作家さんのホームページをのぞいてみる。すると、担当編集者と豪華な取材旅行、銀座の高級レストランでお食事会、フォアグラ、キャビアが飛び交う各種パーティ……。

「やっぱり、作家ってすごい！」

恥ずかしながら、当時の私は化粧品もまともに買えない有様で、スキンケアからメイクの下地まで、ベビーオイルで済ませていた。このままじゃ、四十過ぎたらとんでもないことになるじゃないか？　シワシワのシミシミのダルダルになってしまう！　早く、作家にならなくては！

そして、今。デビューして、すでに丸五年が過ぎた。しかし、いまだに、ベビーオイルでスキンケア。あれ？　先日は、水道まで止められそうになった。ちなみに、電話はもう何度も止められている。あれ？　なんか、昔よりひどくなってないか？

……ということで、新作の『聖地巡礼』は、パワースポットが舞台。ですが、メジャーな場所はいっさいでてきません。だって、屋久島だの出雲だのセドナだの、行けるわけがないじゃないですか。なにしろ、自力で取材しなくては。担当さんと取材旅行だなんて、私には百年早いのです！　なので、私が今まで行ったことがある地域から、辛うじてパワースポットと呼ばれているスポットを選んでみました。でも、決してチープな作りではありません。お金がかけられない分、私の妄想力を一二〇パーセントつぎ込みました。自信を持ってお勧めいたします。

(http://kodansha-novels.jp/mephisto/atogaki/22/index.html)

崖っぷちに立つ女の必死な叫びが、なんとも痛々しいではないですか。

必死なのも、当然です。繰り返しますが、今作は、私にとって最後のチャンスだったのですから。

これがダメなら、もう後はない。なにしろ、小説の注文は一切なく、エッセイすら書く機会はありませんでした。この作品だって、お情けで出版させてもらったようなものです。これがコケたら、崖から飛び降りるしかありませんでした。

果たして。

今作は、売れませんでした。初版止まりで、ジ・エンド。もちろん、書評にのることもなく、他社からの取材もありませんでした。

そして、三・一一。

計画停電で仕事にならないから……という理由でバイトも契約が打ち切られ、私の口座の残高は、いよいよ二千円を切りました。国民健康保険も滞納していたので、毎日のように市役所から電話もかかってきます。このままでは、財産を差し押さえることになります、とも。財産といえば、十数年前、まだ企業の正社員だった頃に購入したマンション。それが差し押さえられる？

「ホームレス？　私、ホームレスになるの？」

ところがです。

それから二ヵ月後、私の人生が大きくうねります。

「はしがき」でもちょっと触れた『殺人鬼フジコの衝動』。その文庫が、いきなり売れだしたのです。ホームレス寸前まで落ちたのに、ひょんなことからとてつもない幸運が巡ってくる……という、小説やドラマでしか見たことがないような奇跡が、私の身に起きたのです。

それからはトントン拍子。今では、生意気にも、都内に仕事場を持つまでになりました。

思えば。

今作を書くにあたり、パワースポットをいろいろと巡ったことが、もしかしたら、この幸運のきっかけだったんじゃないのかしら？

知らず知らずのうちに、幸運のパワーをもらっていたのかも？

だとしたら。本書を手に取ったあなたは、すでに幸運の一歩を踏み出しているのかもしれません。

……なんてね。

信じるか、信じないかは、あなた次第です。


では、最後に。

ノベルス版が出版されたときに、講談社ノベルスのサイトに寄せたコメントを、今一度、ご紹介しておきます。

＋

「パワースポット」といえば、「パワー」をいただくところ。でも、それだけかしら？　という疑問が、今回の作品のテーマです。

パワーをもらいすぎてもその人の器に合わなければかえって体調を崩すだろうし、

逆にパワーを吸い取られることもあるんじゃないかしら？　と。たとえば、オーラをギンギンに放出している人がそばにいると、こちらのエネルギーが吸い取られるような気分に陥ることはありませんか？　それと同じで、パワーが漲（みなぎ）っている場所に下手に近寄ると、こちらのパワーが奪われるような気がするんです。

　タダより高いものはない、ではありませんが、タダでパワーがもらえる、と思って気楽な気持ちで行くと、足を掬（すく）われるかも？　そんなことを思いながら、作品を楽しんでくださいませ。

真梨幸子

本書は二〇一一年二月に講談社ノベルスとして刊行された
『聖地巡礼』を改題し、文庫化したものです。

|著者|真梨幸子　1964年宮崎県生まれ。多摩芸術学園映画科（現・多摩美術大学映像演劇科）卒業。2005年『孤虫症（こちゅうしょう）』（講談社文庫）で第32回メフィスト賞を受賞し作家デビュー。女性の業（ごう）や執念を潜（ひそ）ませたホラータッチのミステリーを精力的に執筆し、着実にファンを増やす。'11年に文庫化された『殺人鬼フジコの衝動』（徳間文庫）がベストセラーに。他の著書に『深く深く、砂に埋めて』『女ともだち』『クロク、ヌレ！』『えんじ色心中』（すべて講談社文庫）、『プライベートフィクション』『人生相談。』（ともに講談社）、『あの女』（幻冬舎文庫）、『5人のジュンコ』（徳間書店）、『鸚鵡楼（おうむろう）の惨劇』（小学館文庫）、『アルテーミスの采配』（幻冬舎）などがある。

カンタベリー・テイルズ

真梨幸子（まりゆきこ）

講談社文庫
定価はカバーに
表示してあります

2015年11月13日第1刷発行

発行者――鈴木　哲
発行所――株式会社　講談社
東京都文京区音羽2-12-21　〒112-8001
電話　出版（03）5395-3510
　　　販売（03）5395-5817
　　　業務（03）5395-3615

デザイン―菊地信義
製版――大日本印刷株式会社
印刷――大日本印刷株式会社
製本――株式会社国宝社

Printed in Japan

ISBN978-4-06-293263-9

講談社文庫刊行の辞

二十一世紀の到来を目睫に望みながら、われわれはいま、人類史上かつて例を見ない巨大な転換期をむかえようとしている。

世界も、日本も、激動の予兆に対する期待とおののきを内に蔵して、未知の時代に歩み入ろうとしている。このときにあたり、創業の人野間清治の「ナショナル・エデュケイター」への志を現代に甦らせようと意図して、われわれはここに古今の文芸作品はいうまでもなく、ひろく人文・社会・自然の諸科学から東西の名著を網羅する、新しい綜合文庫の発刊を決意した。

激動の転換期はまた断絶の時代である。われわれは戦後二十五年間の出版文化のありかたへの深い反省をこめて、この断絶の時代にあえて人間的な持続を求めようとする。いたずらに浮薄な商業主義のあだ花を追い求めることなく、長期にわたって良書に生命をあたえようとつとめるところにしか、今後の出版文化の真の繁栄はあり得ないと信じるからである。

同時にわれわれはこの綜合文庫の刊行を通じて、人文・社会・自然の諸科学が、結局人間の学にほかならないことを立証しようと願っている。かつて知識とは、「汝自身を知る」ことにつきていた。現代社会の瑣末な情報の氾濫のなかから、力強い知識の源泉を掘り起し、技術文明のただなかに、生きた人間の姿を復活させること。それこそわれわれの切なる希求である。

われわれは権威に盲従せず、俗流に媚びることなく、渾然一体となって日本の「草の根」をかたちづくる若く新しい世代の人々に、心をこめてこの新しい綜合文庫をおくり届けたい。それは知識の泉であるとともに感受性のふるさとであり、もっとも有機的に組織され、社会に開かれた万人のための大学をめざしている。大方の支援と協力を衷心より切望してやまない。

一九七一年七月

野間省一